S P R I N G

每一本好書都是一顆種子，
春天播種在你的心田夢土上。

Spring

S P R I N G

每一本好書都是一顆種子，
春天播種在你的心田夢土上。

S P R I N G

每一本好書都是一顆種子，
春天播種在你的心田夢土上。

S P R I N G

每一本好書都是一顆種子，
春天播種在你的心田夢土上。

地獄列車
一趟載運史上最強惡鬼與妖魔的地獄列車，途中正醞釀著一場陰謀，
木乃伊二十八與他的黨羽們將靠著「暴亂病毒」重獲自由。
距離列車進站時間只剩下短暫的片刻，獵鬼小組該如何阻止這場地球
史上的最大浩劫……

推薦序

這部地獄列車於網路連載初時，就成了筆者每日上網追讀後續章節的一篇故事。宛如電影情節般的角色設定和情節段落，一幕幕驚心動魄的畫面自文字間溢出，直接地在筆者腦海中成形跑動。這是一篇畫面感十足的故事。

故事自一列將人間幽靈運送至地獄的列車響起了那支代表著緊急狀況的「紅色電話」開始。古今中外傳說中的知名人物、傳說鬼怪，一一在這班列車上登場。Div成功地賦予了這些角色生命，讓他們活靈活現地在故事中演繹著這段恐怖作戰的經過。

故事當中令我印象最為深刻的兩個角色，分別是少年H和狼人T。少年H這個角色充滿了活力，其真實身分也有趣地令人稱奇；狼人T強悍勇猛，一雙大爪子和口中利齒，很純粹地豪邁。他倆和貓女的作戰，也是故事當中，我最喜愛的一個片段……

地獄列車

「列車已經進站，車門即將打開，乘客們，來吧，別懼怕門窗上的鮮血污跡，小心別踩著了地上那些斷手。乖乖坐著，屏住呼吸，睜大你們的眼睛，好好欣賞在人間和地獄的交縫處，這場恐怖大戰。」

星子

自序

你曾經幻想過，亞歷山大大帝和拿破崙的對決嗎？你曾經幻想過，織田信長和成吉思汗碰面嗎？你曾經幻想過狼人和吸血鬼一起擠在一台列車，車掌卻是一位來自古老埃及的神祇嗎？

在我們所知的豐富歷史、神話，以及幻想中，存在著許多精彩的人物，你會不會幻想，如果他們都站上同一個戰場，會是怎麼樣一幕光景？

在這台通往地獄的列車上，將滿足你所有的幻想。

請各位乘客坐好，一場充滿刺激的奇幻旅程，就要啟程！

Div

地獄列車 目錄

第一話《電話》

時間，凌晨零點三十一分。

地點，曼哈頓地鐵車站。

鈴～鈴～鈴～

深夜，寂靜的曼哈頓地鐵車站管理處，電話鈴響了。

趴著睡著的值班人員，聽到電話鈴響，猛然驚醒。

揉著惺忪的睡眼，四處張望，尋找這支在半夜擾人清夢的電話。

只是，當他下意識的摸著桌上那支慣用的綠色話筒時，他才赫然發現，這深夜中尖銳的電話聲，竟然不是這支電話傳出來的。

值班人員循著聲音的方向瞧去，臉色瞬間劇變，有如被一桶冷水當頭淋下。

正發生震耳欲聾鈴響的，是掛在牆上，用玻璃套罩住的那支「紅色電話」！

正是這支紅色電話，在深夜，發出一聲接著一聲，連綿不絕的驚怖尖叫。

值班人員嘴唇發白，雙腳不自覺地抖了起來。

怎麼會是這支電話？怎麼會是這一支電話？難道……發生了什麼事情？

因為，這支從來沒有響過的深紅色電話，所連接的不是普通的列車，而是鐵路局的最後一班列車，一班不會出現在列車時刻表的深夜列車。

人稱「地獄列車」的最後一班列車。

沒有人知道，這班列車的「起點」與「終點」。

值班人員只知道，每個深夜的這個時刻，候車室外頭的鐵軌，都會發出轟隆隆的巨響，那是沉重列車壓過車軌的聲音，表示這一班神秘的「地獄列車」啟程了。

寂靜的深夜，地獄列車的聲音，彷彿一道來自地獄的催命符，讓人打從心底戰慄起來，所以，每個人都將這台列車，稱作「地獄列車」。

對於這班地獄列車，地鐵人員只能確定一件事，這班「地獄列車」上的乘客……

沒有一個人類。

鈴～鈴～鈴～

同樣是深夜擾人清夢的鈴響，不過，這次的場景，卻是在曼哈頓市中心的一棟大樓裡，一間溫暖舒適的房間裡頭。

鈴～鈴～鈴～

電話急促的響著，一隻纖細修長的手，從棉被中伸了出來。

啪！一聲，這隻手一把抓住電話，

碰！鏘！這隻手夾著被吵醒的怒氣，硬是把整個電話扯入棉被中。

然後，棉被裡頭，傳來一個朦朧不清的聲音。

「幹嘛？」

『A級突發事件，代號一〇一〇！』話筒那頭，是一個機械般的冷酷聲音。

「A級？」棉被中的聲音，陡然升高。「一〇一〇是……地獄列車！」

『地獄總部傳來命令，命令『獵鬼小組』於凌晨四十分之前，全體到曼哈頓車站集合完畢。』

「獵鬼小組，三號收到。」

啪，厚重的棉被，被整個掀開，一個頭髮凌亂的金髮美女，隨著緩緩落下的棉被，露出了她的面目。

精緻的五官滿臉的睡意，仍掩不住美女精悍的神采。

「好樣的，地獄列車，出問題了。」金髮美女迅速著上一身黑裝，將金髮束成一條馬尾，修飾衣著之際，她還不忘對著鏡子甜甜一笑，鏡中兩顆獠牙，閃閃發亮。

「還是A級事件，這下麻煩囉。」

著裝完畢，金髮美女輕手輕腳走到隔壁的房間，慢慢推開門，裡頭一名年紀約十歲的小女孩，正甜甜地沉睡著。

金髮美女望著小女孩，嘴角揚起溫馨的微笑，她彎下腰，在女孩紅撲撲的蘋果臉上，輕輕親了一口。

「寶貝，好好睡，媽媽去上班囉。」

金髮美女退出小女孩的房間，她並沒有走到門口，反而走到了客廳的陽台，唰一聲，拉開落地窗。

一陣沁心的涼風，從曼哈頓的夜空，迎面吹來，讓人精神一振。

看著高樓底下萬千的燈火，有如寶石般閃閃發光，金髮美女微微一笑，雙手張開，身體肌肉伸展，一個完美的跳躍，從二十層樓高的公寓，縱身下躍。

夜空中，她的金髮隨風亂舞，她姿勢優雅高貴，有如奧運的跳水選手，無瑕的跳躍。

只見她飛得越來越低，瞬間，她的雙臂下，伸出兩道黑色的羽翼。

在曼哈頓月光之下，金髮美女迎著風，展著翅，盡情翱翔起來，有如一隻華麗高雅的蝙蝠。

第二話《獵鬼小組》

曼哈頓車站。

此刻，地獄列車還沒駛進曼哈頓車站。

距離到站，還有整整十五分鐘的時間。

金髮美女落地，收起翅膀，順了順被夜風吹得些許凌亂的金髮，然後，她優雅地走入地鐵車站，此刻，車站裡頭已經站了兩個人影。

這兩個人影，一高一矮，都透露著和金髮美女類似的強悍氣息。

「三號報到。」金髮美女對著較高的人影說道，嘴角不忘甜笑。

這人影，是一名背著粗大長弓的男子，他英氣勃勃，高聳的鼻樑，深邃的眼眸，還有唇上兩撇小鬍子。

這男子帥氣中，還帶有幾分成熟穩重，是天生的領袖氣質。

而他的這把長弓，更顯出他的非凡氣質，長弓看來古舊，似乎是歷史文物，上頭密密麻麻刻著古老的文字，這些文字扭曲如蝌蚪，仔細一看，才發現這不是字，而是曠古的伏魔咒語。

「只剩下三分鐘了。」男子皺眉說：「四號和五號都還沒到？」

這句話剛說完，車站外頭傳來陣陣轟隆聲，一台重型哈雷疾行到車站門口，一個身著黑色皮衣、龐克服裝，戴著墨鏡的壯漢，出現在地鐵門口。

「J老大，四號到。」壯漢甩了甩他及肩的長髮。一股野獸的兇狠氣息，從他粗獷的外型，和俐落的動作中，毫不保留地釋放出來。

「好。」J眉頭皺了皺。「還有一分鐘，H是不是要遲到了？」

「我說，黃種人都不太準時的。」適才站在J旁邊的矮小男人開口說道。

這男人看上去又老又小，十分不起眼，瘦小的身材和壯漢成為強烈對比。

可是，這矮小男人話剛說完，一個聲音就從他背後傳來。

「幽靈騎士，抱歉讓你失望了，其實我早來了呢。」

聲音剛落，一個年輕的少年，從車站中的柱子陰影中，緩緩現出了身體。

這個年輕少年，身材適中，一頭黑髮和黃色的肌膚，兩排白齒閃閃發亮，果然是標準的東方血統。

J看見少年出現，微微頷首。

接著右手揚起，幾張資料飛入眾人手中。

「情況很糟。」J冷冷說道。

「多糟？」

「我們收到消息，地獄列車可能被人挾持了。」

地獄列車，這台溝通靈界和人間的交通工具，它的任務就是將人間的亡靈和妖魔，載向他們應該歸屬的地方，也就是地獄。

整台列車，如果不將車頭計算在內，共有十三節車廂，列車有一名車掌，負責乘客的安全，還有……對付不安分的乘客。

而，在凌晨零時四十分的此刻，地獄列車的車輪發出劇烈的尖響，以時速兩百的高速，在鐵道上瘋狂奔馳著。

前後十三節車廂中，有的安靜無比，有的卻熱鬧非凡。

地獄列車的車掌，身著一身筆挺的藍色車掌服，帽簷壓得極低，推開了車廂的門，走進一號車廂。

一推開門，迎面而來的，就是一陣歡呼和掌聲。這一號車廂可是非常熱鬧的，一個身著膨衣的小丑，正玩著他的七彩皮球，手中五顆皮球在空中來回拋擲，配上小丑逗趣的動作，將周圍的乘客逗得是哈哈大笑。

車掌低哼一聲，一把搶過小丑手中的皮球，說道：「查票。」

看到小丑的球被車掌搶走，原本圍在四周鼓掌大笑的乘客們，瞬間露出驚恐的表情，瞪著小丑和車掌，好像什麼恐怖的事情就要發生了！

小丑瞪著車掌，發出嘿嘿的冷笑，那尖刻的笑聲，透露著陰森的氣息。「敢搶我的球？你知道我是誰嗎？」

車掌沒有說話，只是用手指把帽簷微微推高，帽子底下，竟然是一張黝黑兇惡的胡狼臉龐。

車掌雙眼露出兇光，齜牙咧嘴，露出上下兩排銳利的牙齒：「我當然知道你是誰！你是他媽沒用的『惡靈小丑』，那你知道我是誰嗎？」

看到那張胡狼臉龐，小丑先是一愣。臉上原本畫著「笑」的五彩粉妝，竟然慢慢掉落，自動變成一張「苦」臉。

「是！阿努比斯老大！這列車上，您最大。」

車掌冷哼一聲，將帽簷又壓低。「查票？」

「是是是……」小丑哈著腰，不斷鞠躬，十分卑微。

查完了票，小丑看著車掌的背影離開了第一節車廂，小丑轉頭對著觀眾，遷怒道：「笑啊！看我的表演怎麼能不笑？」

乘客互望了一眼，露出無奈又害怕的神情，繼續裝起了笑容。

那是非常無奈，也是非常害怕的笑容。

第三話《二號車廂》

「J老大，你剛剛說有人要挾持地獄列車？」那位壯漢脫下外套，一身糾結的肌肉，從他的緊身衣下面高高隆起，而他的手臂上，則刺著一個醒目的紅色玫瑰，嬌豔玫瑰在他粗獷的身體上，顯得有些突兀。

「沒錯。」J冷冷說道：「就在今天晚上。」

「老大啊，不是我說你……」被少年稱為幽靈騎士的老頭，在此刻插嘴：「地獄列車乃是地獄接送亡靈的專車，這台由地獄政府親手管制的列車，自有地獄的法則。咱們如果插手，不太好吧？」

「這次，就是地獄緊急通知我們。」J俊俏的臉龐，嚴肅說道。

「喔喔喔，那可真是大事啦！地獄竟然請求我們人間獵鬼小組幫忙？」幽靈騎士怪叫道：「難不成要挾持列車的，是被地獄通緝為S級的大人物嗎？」

「不是。」J搖頭。「據資料顯示，列車上的鬼怪，就算威名曾經響徹人間地獄，但也都奉公守法很久了。」

「那為什麼？」一旁的金髮美女忍不住追問道：「地獄會這麼緊張？」

「因為，這次列車上，剛好押解著一名麻煩人物。」J冰冷的表情，露出一絲苦澀。

「麻煩人物？」

「一個很麻煩、很麻煩的人物。」

阿努比斯車掌，昂首闊步，來到了二號車廂。

這車廂沒有剛才的熱鬧，乍看之下並沒有什麼特別，可是仔細一看，這裡坐的亡靈，不是斷手就是斷腳，有的頭被熱油燙成了金黃色，有的背上扛著巨大的十字架，原來這裡都是被處酷刑的兇惡亡靈。

一名乘客看到車掌到來，急著要拿票，一個不小心，他的頭就咕咚咕咚的掉下來。

頭顱滾啊滾，滾到車掌的腳邊。

車掌皺了皺眉，輕輕抬腳，把他的頭踢回去。

「車掌先生，謝謝啦。」那乘客尷尬地笑了笑，他是一個頗為英俊的東方人，有點脂粉氣，頭上戴著駙馬爺的王冠。「這頭三百年前被包公的龍頭鍘給鍘斷以後，就一直黏不緊，真是不好意思。」

「包公？」車掌冷冷地說。「那個黑臉的傢伙正在美國渡假。」

而車掌他眼睛梭巡了整部列車，最後，他的眼睛停在車廂的最後一排座位上，一個半躺半坐，形貌慵懶的人。

這人是所有受刑者中的老大，也是這節車廂的老大。

吊刑人。

吊刑人的脖子已經折斷，歪歪斜斜的，雙目佈滿死前的紅絲。他的臉色，依然保持他被吊死時的慘白，看見車掌對他走來，他露出一個挑釁的笑容。

「車掌您好啊！」

「查票。」車掌冷冷地說：「吊刑人，有我在，你別想在這台車上搞鬼。」

「車掌您誤會我了。我們本來就是鬼，何必怕搞鬼？」吊刑人吐了吐舌頭，咯咯笑著。

第四話《木乃伊二十九》

曼哈頓車站。

「J，你說誰被押解？」金髮美女看到J眉頭深鎖，追問道。

「是啊，最近天堂地獄人間這麼和平，我也想不起哪一個怪物這麼麻煩。」幽靈騎士也問道。

「J老大，您就別再賣關子了。」壯漢嚼著口香糖。

「被押解的犯人。」J聲音微微一頓。「是木乃伊二十九。」

聽到這個名字，所有人同時噤聲。

阿努比斯車掌推開門，來到三號車廂，終於露出難得的輕鬆笑容，因為三、四、五、六這四節車廂，乘客都是普通的亡靈。

普通亡靈搭乘地獄列車的原因，大都是剛在人間過世，坐上列車，準備到地獄聽候審判。

或者是在地獄時期表現良好，獲准到人間探視親人的善良好鬼。

在這幾節車廂，是所謂的好人車廂。

一個小女孩看到車掌，還高興地跑來拉住車掌的衣服，用她童稚的嗓音，輕輕地喊著：「車掌叔叔，你好。」

車掌微微頷首，替每個乘客查票，乘客也都很有禮貌的跟車掌問好。

完全沒有剛才劍拔弩張的氣氛。

車掌一直走到這節車廂的末端，突然，在廁所前停住了腳步。

聲音提高，宛若寒冰。「在廁所裡頭的，是誰？」

「木乃伊二十九是誰？」這時少年H，忍不住在一旁問道。

「你加入獵鬼小組不到兩年，所以你不知道。」金髮美女嘆氣，「這傢伙並不算頂強，但是麻煩極了。麻煩、麻煩極了。」

「麻煩？」

「這傢伙的專長是『暴亂病毒』。」壯漢補充道。

「暴亂病毒？」少年H想到了什麼，「西元四二一年的印度鬼怪暴動？還有西元八四四年的法國妖怪騷亂事件，對！還有鐵達尼號的靈魂騷動……啊！還有讓芝加哥陷入鬼城的萬鬼大亂……」

「答對了。」幽靈騎士點頭道：「你說得都沒錯，那些事件，這傢伙就是元兇。」

少年H臉色變了。

「那，真是麻煩，麻煩、麻煩極了！」

第五話《吸血鬼之祖》

六號車廂的尾部，廁所前，車掌凝視著廁所大門，面若冰霜。

車掌這一問，只聽到廁所裡傳來陣陣哭聲。

「嗚嗚……人家……嗚嗚……」

「啊，原來是花子小姐……」車掌無奈地說：「妳老是這樣佔著廁所。會給其他乘客帶來困擾的。」

「嗚嗚……可是人家就是愛坐在廁所裡啊……嗚嗚……」花子抽泣地說。

「好吧，妳就坐吧！說真的，你們日本來的乘客真是奇怪。」車掌嘆氣。「有位貞子小姐霸佔列車的電視，花子小姐又特別喜歡上廁所。」

車掌搖了搖頭，離開廁所門口，隨即，他推開了七號車廂車門。

七號車廂，載滿了來自日本的各種鬼怪。

車掌小心翼翼地走過被河童爬過，滿是泥濘的地板。眼前是一個睜著大眼睛的雨傘，噗嚕噗嚕地跳來跳去。

這時，他看到前面有個位子上，有一支手機，響著陣陣刺耳的手機鈴響，響了很久，卻沒有人要接。

車掌忍不住說道：「這是誰的手機？麻煩請接一下，不要擾亂公眾安寧，好嗎？」

這時，旁邊一個全身像是被洗衣粉泡過，全身發白的小孩，他頭上印著兩個字「咒怨」，小孩開口了。「車掌大大，這手機是韓國貨，這裡沒人想理她。」

「韓國手機？」車掌眉頭皺了皺。

「聽說，接到這手機的人，會聽到自己臨死前的聲音。」咒怨小孩聳了聳肩。

車掌冷笑，伸手抓起那個手機，奇怪的是，那手機在車掌的手裡，鈴聲越來越大聲，越震越厲害，彷彿在掙扎著……

接著，車掌臉色一變，原本壓在帽簷底下的胡狼臉孔，整個露了出來，猙獰的獠牙和血紅的眼睛，對著手機大吼了一聲！

「吼！」

手機一震！隨即就安靜了下來。

「這樣才對嘛。」車掌笑了一聲，隨手將手機塞進了口袋裡，「老子最近缺手機，你就跟著我吧！」

曼哈頓車站。

「木乃伊二十九本身並不強，但是他會釋放一種病毒，這種病毒，會讓所有的鬼怪陷入一種瘋狂殺戮的狀態。」

J拿著資料，繼續說著。

「我們並不怕木乃伊，只怕他釋放出病毒，傳染給其他鬼怪，到時候在列車上，演變成一場鬼怪暴動。真的就棘手了。」

「所以我們要假設最糟糕的狀況！就是木乃伊的暴亂病毒已經擴散開來，整車妖怪陷入瘋狂狀態，我們必須面對他們全部。」

J說到這裡，頓了一頓，揮了揮手上的乘客資料。

「你們手上，就是這次乘客的資料。好好地讀一讀，等會我會分配任務，大家先有個心理準備吧！」

幽靈騎士打開第一頁，就忍不住笑了起來。「哈，原來一號車廂的惡鬼是『惡靈小丑』？我最喜歡這種愛哭的傢伙了，他是我的了。」

接著，J跟著皺了皺眉頭，「二號是受刑人的車廂啊？咦？竟然有『吊刑人』。好！這傢伙當年跟我有一段過節，那這人交給我了。」

少年H翻著翻著，翻到了第七頁，他微笑，用手指算著每個鬼怪的資料。「七號車廂都是日本鬼啊，既然同樣來自東方，看來這節車廂非我莫屬了。」

金髮美女翻到了第八頁，原本優雅愜意的表情，突然驟變，尖叫一聲。

「這，這是怎麼回事，怎麼這人也在這列車上？」

聽到金髮美女的尖叫，所有人臉色同時一變，快速翻到第八頁，只看見整整一頁紙，只有寫上一個名字。

這人的身分竟然如此尊貴，可以單獨使用一節車廂？

這個名字就是，

「吸血伯爵．德古拉。」

地獄列車上。

車掌推開八號門，先是微微詫異，隨即又冷靜下來。

讓車掌驚訝的是，整個八號車廂，竟然只有一個人，不，應該說一個鬼。

一個在地獄和人間都威名赫赫，尊貴無比的超級大鬼。

有吸血鬼之祖之稱的「吸血伯爵．德古拉」。

車掌嘆了一口氣，這樣尊貴的王者坐鎮在此，也難怪無人敢跟他同坐一節車廂。

車掌慢慢走到他的面前，彎腰，柔聲說道：「伯爵您好。」

伯爵抬起頭，語氣溫和，沒有絲毫王者的霸氣，他微笑。「車掌，您好啊！」

「伯爵，麻煩請查票。」

伯爵的威名響徹古今中外的黑暗世界，連車掌說起話來，都十分的客氣。

「嗯，真是辛苦你了。」伯爵的表情，顯得十分輕鬆愜意，「我好久沒隨著列車出來走走了。」

「是啊！」車掌微微一笑。「這些年，伯爵您身體好些了嗎？」

「好多了啦。」伯爵轉頭看著車掌，吸血鬼獨特的血紅瞳孔，透露淺淺的笑意。

「年紀大啦，那些打打殺殺已經不行了。」

「列車會在子時之前，穿過『黃泉之門』，然後被地獄接引回去，那時就回家了，伯爵請您多休息。」車掌說。

「謝謝。」伯爵露齒一笑，露出一對潔白明亮的獠牙。

這獠牙，似曾相識，啊！是啊，獵鬼小組中的金髮美女，不也有這樣一對獠牙嗎？

曼哈頓車站。

「吸血伯爵，德古拉？」眾人異口的同聲叫道：「那個吸血鬼祖先！那不就妳的……

……祖先？」

「伯爵豈止是我們的祖先而已。」

金髮女郎美麗的臉龐，露出極為複雜的神情，這神情不只懼怕，竟還有一份無法言喻的崇仰。

「伯爵不僅是吸血鬼之祖而已。這數百年來，我們吸血鬼族不斷繁衍進化，追求自身力量的進步。可是，從來沒有人懷疑過一件事。」

「什麼事？」眾人追問。

「吸血伯爵．德古拉。」金髮美女苦笑，「絕對是最強的吸血鬼！」

第六話《棒球車廂》

九號車廂，相當的熱鬧，甚至是……健康和陽光！

因為裡頭都是年輕人，這裡所有的乘客，都穿著棒球衣，每個人手裡也都拎著一根球棒。

壯碩的肌肉和粗魯的談笑，汗水味充斥著九號車廂。

車掌走到一名打盹的球員面前，冷冷說道。

「貝比魯斯，來吧，把你的票給我。」

貝比魯斯抬起頭，微笑，兩排發白的牙齒閃亮，襯著他古銅色的膚色，健壯的身體，實在健康得讓人受不了啊！

「啊，曼哈頓？那黃泉之門不就快到了？又要回到那個地獄啦？」貝比魯斯笑道。

「車票。」車掌皺起眉頭。「我話只說一次。」

「真討厭那臭地獄啊！」貝比魯斯往身上一陣掏摸，假裝找不到票，嘴裡唸著：

「真不想回去地獄，是不是啊？」

「接下來是貝比魯斯棒球軍團，九號車廂。」J說。「誰要負責？」

「貝比魯斯只是一個愛詛咒的小角色。」幽靈騎士接口，「老大，我們應該不用分神去對付他吧？」

「我也是這樣想。」金髮女郎也說：「這種角色就算到了人間，也做不出什麼大壞事，最後我們有空，再收拾他吧！」

「說得也是！」J說：「那就這樣說定了，接下來，是十號車廂……」

「等一下！十號……十號車廂！」壯漢見到第十頁，一改往常堅毅瀟灑的表情，露出詫異的神情。「裡面竟然是……」

「哈哈，看起來，十號車廂非你莫屬了，狼人T，因為它看起來真像是動物園啊！」老頭子哼哼哈哈的笑。「狼人T，真適合你不是嗎？」

壯漢怒目瞪了老頭子一眼，卻什麼都沒說，手上的青筋爆出，顯然在壓抑自己的情緒。

「這車廂都是兇猛的動物亡靈，嘖嘖嘖嘖，你看看，帶頭的竟然是『貓女』，嘿嘿，數百年來，人們總在問是貓系的貓女俐落，還是犬系的狼人強悍。」老頭子笑道。

「沒想到，今天我們就可以知道，這懸疑了百年的謎題？嘿嘿嘿，是不是啊，狼人T先生。」

「給我住嘴！幽靈老頭。」狼人T往車站外頭看去，一個橘黃的大月亮，正圓滾滾的掛在夜空中。

幽靈騎士悻悻地閉嘴。

朦朧的月色中只聽到狼人T低聲說：「月圓，這麼巧，跟三百年前一模一樣的月圓？」

狼人T手臂上的玫瑰刺青，在明亮的月光下，顯得嬌豔欲滴。

第七話《黑暗中的貓女》

車掌推開了十號車廂的門，一股刺鼻的腥臭撲鼻而來，車掌靈敏的獸鼻動了動，皺起了眉頭。

在他眼前，是一片黑暗，黑暗中似乎有數百隻動物微微騷動著，車掌感覺到，他好像不是來到現代科技構築的鐵製車廂，而是來到了古世紀的蠻荒森林。

車掌低哼一聲，以他身分之尊貴，力量之強大，怎麼會懼怕這群野獸之靈，他只是昂首走著，走著，然後在車廂的正中央停了下來。

伸手。

「貓女，把你的票給我交出來！」

明明是一無所有的黑暗，聽到車掌的聲音，竟然緩緩地開始扭動起來。

一排潔白閃亮的牙齒，在黑暗中閃耀起來。

「貓女，別老學愛麗絲夢遊仙境那隻貓的出場方式，好不好？」車掌說話雖然不滿，語氣倒是溫和。「都幾歲的人了啊？」

「嘿。」那排牙齒笑開了，聲音低沉慵懶，讓人怦然心動。「好久不見啦，阿努比斯，近來可好？」

「還不錯。」車掌冷笑。「如果你不鬧事，乖乖把車票交出來，我會更好。」

「是，這不就交了嗎。」那排牙齒回答。「你還是跟以前一樣，這麼不解風情呢！」

「哼。」車掌接過黑暗中傳來的門票，卡一聲，剪下一個小角，丟回給貓女。

車掌剪完票，不再說話，邁步往前走去，臨走前不忘看了周圍野獸一眼，紅眼珠中殺氣凜然，眾野獸頓時安靜下來。

「阿努比斯……啊，這時候該稱呼你一聲車掌大人。」貓女微笑。「給你一點小忠告。」

「什麼忠告？」一腳已經踏出車廂門的阿努比斯，皺眉，卻沒有回頭。

「嘻嘻，當你認為越是糟糕的情況，越可能發生。」

「哼。」車掌說：「這是爛忠告？」

「別急，還有一句。」

「哪一句？」

「當你認為事情已經糟到無以復加了，它卻可以更糟下去！」

「哈哈。」車掌一揮手，「謝謝你啦，貓女，我會注意的。」

當車掌的背影完全消失在車廂的盡頭，那個在黑暗中微笑的雪白牙齒，卻由本來的圓弧形，慢慢地拉回水平。

貓女的嘴，不笑了。

「到底這台列車會糟到什麼地步呢？」慵懶的聲音說著：「真令人期待，不是嗎？」

車掌走進了十一號車廂，這裡跟十二號車廂一樣，都是屬於列車的載貨車廂，換句話說，這裡應該沒有任何會移動的物體。

可是，很明顯，車掌錯了。

他停下了腳步，低著頭，凝視著自己的靴子，一隻紅通通的小動物，正摩擦著他靴子。

這是一隻又小又可愛的偷渡客。

應該說，現在還是又小又可愛，等到長大就不一定了。

這是一頭龍！

而且它還是隸屬於最強壯、最兇狠的龍種──熔岩火龍。

熔岩火龍似乎剛出生不久，只有車掌的手掌大，睜著一雙白白亮亮的眼睛，看著車掌。

眼睛中還含有晶瑩剔透的眼淚，不知道是因為肚子餓了，還是因為一出生就被丟在這車廂中，所以小火龍感到害怕而哭泣。

車掌眉頭鎖得緊緊的，他問自己，「熔岩火龍明明就居住在地獄的最深處，力量強橫，據地為王，連地獄政府都敬之三分，重點是火龍數量極少，沒道理這裡會突然蹦出一隻小龍啊？」

車掌想著想著，不自覺就低下身，雙手捧起了這隻嗷嗷待哺的小火龍，只見牠嘴裡吐出了一團小火焰，這火焰不但不燙，還溫溫的猶如春風，像極了一台龍形打火機。

「火龍啊！」車掌嘆氣。「怎麼會有人把火龍偷渡上列車，究竟有什麼陰謀呢？」

車掌看著看著火龍，面惡心善的他，慢慢地軟下心腸，決定將他帶在身邊。「小火龍啊小火龍，你可要乖乖的啊，等會列車就要進入黃泉之門了，可別在那之前發威啊！」

曼哈頓車站。

「J老大，你車廂共有十三節，所以最後一節車廂，是不是就是專門押解犯人木乃伊二十九的車廂？」金髮美女說道。

「沒錯，就是這樣！」J說道。

「那誰負責押解他呢？」金髮美女又繼續問。

「這次派出的，是中國來的特使，牛頭和馬面。」J說。

「原來是他們！那是老朋友了啊！」少年H接口：「若是平時，這兩個傢伙的確足夠了！」

「可是，一旦出事，這兩個老傢伙恐怕第一時間殉職啊！」幽靈老頭說道，說完還不忘嘿嘿兩聲冷笑。

「沒關係，在三分鐘後，列車就進站了！只要在歹徒挾持列車前，我們先上列車，然後制止就行了。」J凝視著列車，一貫自信的笑容。

「沒錯。」狼人T、吸血鬼女，還有少年H同聲答道。

「可是，事情真的會這麼簡單嗎？」這時，幽靈老頭又忍不住碎碎念。

可是，事情真的會這麼順利嗎？

十三號車廂，因為專門用來押解犯人，所以他的門比一般車廂更厚三倍，而且是用地獄特產的精鋼所製，一般的鬼魂別說打破了，恐怕要在上頭鑽一個小洞都不可能。

可是，那是指「一般的鬼魂」！這台列車上，正聚集了前所未有的猛鬼和妖靈，如果他們發威，再厚三倍的鐵門也會像白紙一樣，瞬間就攻破。

車掌想到這裡，微微嘆了一口氣，推開鐵門，裡頭一個乘客被鎖鏈五花大綁，坐在車廂的中央位置，他身上被纏繞著一層層乾朽的麻布。

麻布之下，他只露出一雙枯乾的雙眼，直愣愣地瞪著前方，他正是木乃伊二十九。

這是危險行動的主謀，可惜，車掌卻一點都不知道這件事。

在木乃伊二十九的旁邊，則分立著兩個高大雄壯的地獄戰士，牛頭和馬面，牛頭手上拿著一柄巨大的斧頭，而馬面則提著一串鐵鍊，聲勢威武，不愧是來自中國的地獄獄卒。

牛頭見到車掌，問道：「請問車掌，我們還要多久，才會進入黃泉之門？」

「子時之前，必能進入。」車掌回答，眼睛在木乃伊二十九停留了一會，木乃伊二十九雙目呆滯，顯然被注射了某種藥物。

「這木乃伊二十九已經被我打上了麻醉藥物，放心。」馬面解釋：「他現在正在做夢呢！等他夢醒了，可能已經在地獄大牢裡面了！」

「希望如此。」車掌皺眉，「你們知道規矩，要不是事情太緊急，像這樣危險的重刑犯不能用一般的列車運送，必須採用地獄專屬的列車。」

「我們知道。」牛頭回答：「這次真的情況特殊，木乃伊二十九竟然溜到我們中國作亂，還被我們中國的鍾馗老大逮住，逼不得已，才會臨時申請地獄列車搭載回地獄，請見諒！」

「嗯，不過你們別太擔心。」車掌說。「等過了曼哈頓，只要列車一進入黃泉之門，黃泉之曲會啟動地獄禁咒，到時候，任何怪物都變成可愛的小貓了。」

「還有多久會抵達曼哈頓車站？」馬面問道。

「還有三分鐘。」

區區三分鐘。

但是，無論是車掌或是牛頭馬面，都沒有預料到「這區區三分鐘」卻是最長的三分鐘。

第八話《偷襲》

「各位請注意，我們再重複一次任務。」J望著鐵軌那頭，空氣中細碎的震動，預言著，地獄列車已經逐漸逼近。

「進入列車第一件事情，先確定暴亂病毒是否蔓延，如果沒有，狼人T負責後面五節車廂，幽靈騎士老頭負責前面五節車廂，吸血鬼女保護車掌，少年H和我協助看守木乃伊二十九。」

「J老大，如果病毒已經蔓延開了呢？」

「如果，病毒不幸已經蔓延開了。」J語氣一頓。「還記得我們的分配吧？狼人T對貓女，老頭你去找惡靈小丑這個老朋友，少年H對付日本鬼，我則來找吊刑人，鎮壓住後，迅速到車頭會合，記住，我們最高的宗旨，就是讓列車子時之前進入黃泉之門，只要一進到黃泉之門，我們就沒什麼好怕的了！」

「還有，子時之前，若是沒進入黃泉之門，黃泉之門會關閉，到時候整列車的妖怪衝入人界。」J深深吸了一口氣。「各位應該知道後果。」

「記住，我們身上的血清雖然能抵抗暴亂病毒，但是首重『冷靜』，一旦失去冷靜，病毒仍有入侵的機會。切記不要中了暴亂病毒，成為暴動的一份子。」

「還有什麼問題沒有?」

「老大，沒有!」眾人異口同聲地回答。

終於，車掌查完十三節車廂的票，他左手抱著這個來歷不明的『偷渡客』小火龍，緩步走回車頭。

經過十號車廂，貓女躲在黑暗中，沒有現身，卻也沒有異狀。

走到九號車廂，一群壯碩的棒球鬼魂們，正一個口令一個動作，練習他們的揮棒姿勢，車掌嫌惡躲過幾個揮過來的棒子，正要穿越。

突然，他的肩膀被人一拍。他一轉頭，正是棒球鬼魂的頭子，貝比魯斯。

「怎麼?」車掌問。

「車掌，我想想，我們實在不愛回去那地獄，又冷又臭，還不准我們隨便打棒球，好吧，我承認我當年雖然胡亂詛咒，詛咒別人的隊伍永遠得不到總冠軍，我才落得掉入地獄的下場，可是，我還是深愛這棒球啊!」

「深愛棒球?所以呢?」車掌皺眉，冷冷地說。

「所以，」貝比魯斯嘆了一口氣。「我們想請你幫一個忙。」

「哼。」車掌說：「什麼忙？」

「要請車掌您……乖乖地……」貝比魯斯咧嘴一笑，嘴巴一努，對他的棒球兄弟打了暗號。「死在這裡！」

「什麼！你們！」車掌雙眼綻放異光，猛一回頭，只見滿天的球棒，有如雨點落下，落在車掌的身上，隨即，刺骨的劇痛炸開！

第九話《退休》

「只剩下最後一分鐘，列車就要進站了。」J凝視著鐵軌，突然回頭，看著眾人。「在任務之前，我想問問你們，有沒有特別割捨不下的東西？」

「割捨不下的東西？」吸血鬼女問道。

「對，人活在世界上，總有一些事情掛念在心中吧！」J語氣平靜。「況且，這次的任務，可能比我們以往任何一次的任務都還要危險很多……這時候，你們會想到什麼人或是什麼事呢？」

眾人面面相覷，心中都感到一陣怪異，怎麼平常冷靜精密的隊長J，會在這個時候問這樣一個問題呢？

沉默了幾秒，狼人T先回答了。「我有，我最愛重型機車和我的愛犬，每次任務之前，我都會想到這兩件事情。」

「我也有，因為我是單親媽媽，我領養了一個小女孩。」吸血鬼女微笑地說，「我不敢將自己的吸血鬼血統延續，可是我喜歡小孩，她是我心目中的寶貝，我希望她能夠快快樂樂，無憂無慮地活在這個世界上。」

「我沒有，老子孑然一身，哼！」幽靈老頭低哼一聲，「我只有一個哥哥，可是他老早就在中世紀的戰爭中死掉了。不過我有騎士的尊嚴和對亞瑟王的尊敬，這是我最珍愛的部份。」

少年H想了想，微笑，「我覺得這個世界很有趣，如果我存夠了錢，我希望能環遊世界，增長見聞。」

「各位說得好，其實有件事我要跟大家說……」J微微一笑，「今天的任務可能是我們這百年來最棘手的一次，同時，這也是我最後一次任務了。」

「最後一次任務？」眾人一齊問道。

「是的，我已經和地獄政府提出申請，也獲准通過了。」J平靜的語氣中，透露著一絲隱隱的興奮。

「啊！」「J你要退休？」「J老大！」「組長！我們還需要你的領導啊！」眾人驚嘆聲和惋惜聲，此起彼落。

「各位應該都還記得吧？在加入地獄專屬的獵鬼小組，都會簽訂一份合約，如果我們為他清除人間的惡鬼，功績到一個程度，就可以退休，並且實現一個未了的願望。」J說著說著，眼睛已經飄向了遠方。「經過這幾百年的努力，我終於走到了這裡，各位應該替我高興才對啊！」

「嗯。」吸血鬼女眼睛含著淚水。「說的是，我們應該恭喜隊長才對！」

「好傢伙！」狼人T也微笑，粗獷的他摸了摸自己手臂上豔紅的玫瑰刺青，想起了自己，微笑。「老大真不愧是老大！你做到了！」

「呵呵。」J笑了。「狼人T，你有一天也可以再度見到你心中那朵玫瑰的。」

「謝謝。」狼人T微笑。

「吸血鬼女，終有一天，地獄政府會幫你找到那個人的……」J轉頭說。

「嗯。」吸血鬼女笑著。「然後讓我親手料理那個女人嗎？」

「幽靈騎士，有天，地獄政府會讓你報哥哥之仇的。」J說。

「嘿嘿。」幽靈老頭冷笑兩聲，原本衰老的容顏在一瞬間突然變得年輕五十歲，兇悍而銳利，讓人望之生畏。

「少年H……」J正要說話，卻被少年H伸手打斷。

「J老大，我年資太淺了，你祝福先留著吧！」少年H笑著說。「等兩百年後，我再去找你喝茶，到時候我們再來好好聊聊。」

「哈哈，好！」

「J老大，我們會永遠記得你的！」眾人這百年與他攜手，經歷了無數生死交關。聽他即將退休，不捨之情，溢於言表。

「呵呵。」

突然，J抬起頭，敏銳的表情，遙望遠方，一股似悶雷的撼動從遠方傳來，「終於來了啊，地獄列車。」

「從第一代獵鬼小組到現在，有一個可怕的傳說，最後一個任務，通常最危險。」

J不怒反笑。「如今，我終於等到你了，我的最後一個任務！」

第十話《反擊》

地獄列車上，九號車廂。

空氣中無數的球棒猶如瘋狂的野獸般，此起彼落，落在車掌身上。

意外的，卻沒有濺起一滴鮮血。

「住手！」貝比魯斯舉手喝止眾人。

棍影消散，只看見車掌伏在地上，然後，他緩緩地抬起頭，嘴角漾起淡淡冷笑，

「貝比魯斯，你知道嗎？我為什麼可以被任命為車掌？」

這一瞬間，車掌周圍的空氣彷彿結冰，貝比魯斯和眾人受到了驚嚇，同時往後退一步。

然後，車掌一聲大吼。

一股無形的力量，轟然爆炸，往四面八方彈開，血花四濺，讓出了一個大圓。

然後，圓的中央，那個叫做車掌的男子，慢慢起身，他嘴角的笑容，已經不是一個人的笑容了，而是一頭兇猛的野獸笑容。

「貝比魯斯，我問你，你知道我叫什麼名字嗎？」車掌冷冷地說，手指比著自己。

「我叫做阿努比斯！我是來自埃及古老的神明啊！」

「阿努比斯！車掌大人啊！我從頭到尾都知道喔。」貝比魯斯獰笑，從背後掏出一支比人還粗的巨型球棍，球棍上面還綴滿釘子。「一直都知道啊！」

貝比魯斯搖著手上巨大無比的棒子。

「這根棍子上的釘子，會直接釘入你的靈魂，不管你什麼神鬼，中了我的奪魂球棒，也要身受重傷，永遠不能超生啊！哈哈哈。」

「一根棍子？憑你一根棍子？」車掌看了幾秒，突然大笑起來，同時他往背後一掏。

一把比那棍子還要大的獵槍，出現在車掌的手上。

「你不知道時代正在進步？用裝釘子的棍子，想殺我阿努比斯？」車掌笑。「你他媽的知不知道，你惹到的究竟是什麼人啊？」

「啊啊啊！」貝比魯斯滿臉驚恐，退了一步，又退了一步。

「你可以再逃啊！」車掌大笑。

轟的一聲，彈殼從獵槍中彈出，槍管冒出濃濃的白煙。

然後，列車的地板上，多了一大片肉團，這是被子彈攪爛的貝比魯斯屍體。

車掌冷笑，收起獵槍。「分明就是小角色鬼魂，還學人家造反？」

只是，車掌這句話才剛說完，突然覺得脖子一緊，身體竟然懸空起來。

這一勒充滿力量，宛如地獄明王親自出手，竟讓車掌全身劇痛，無力反擊，他勉強睜開眼睛，看到一個人影，正對他微笑。

「車掌大人，玩耍棒球的貝比魯斯不夠格，那我吊刑人的繩索如何？」

「操！」車掌伸手不斷往後面亂掏，想摸出其他的武器。可是同時間，又有一隻手握住他的手，咖一聲，折斷車掌的手腕。

「還有我呢！車掌大人，你知道嗎？我最討厭人家搶我的皮球了。」一張佈滿粉裝的丑臉，露出詭異的微笑，緊貼在車掌面前。

「車掌你也夠屌了，讓我們地獄兩大惡靈同時偷襲你。」吊刑人笑著。「你死而無憾了！」

「你們，你們根本不知道，這列車之中……」車掌話還沒說完，吊刑人手中一用力，車掌眼睛凸起猶如金魚，再也說不下去了。

曼哈頓車站，獵鬼小組。

「看！列車來了！」獵鬼小組在候車亭上站成一排，等待地獄列車到站停車，然後他們就可以上車收妖了。

可是……

「咦？」吸血鬼女首先發出了疑問。「為什麼列車還不減速？」

「不會吧！」幽靈騎士嘆氣⋯⋯

「趴下！」J大喊道。

所有人才剛趴下，這班地獄列車，就像是發狂般，駛過曼哈頓站，轟隆隆的聲響不斷，硬是衝了過去。

「列車沒停？」J抬頭，他在眾人眼中看到了相同的驚疑。

「糟了，列車出事了！」

「老大，現在怎麼辦？」幽靈騎士大叫。

「上列車。」J聲音恢復了冷靜。

「什麼？」

「列車不停，那我們就硬闖，第一個計畫破滅了，接下來是麻煩地按照第二個計畫。」J說道：「我們車頭見！」

第十一話《登車》

曼哈頓車站，獵鬼小組。

曼哈頓車站內列車咆哮著暴怒的聲音，嘎隆嘎隆，轟然穿過曼哈頓車站。

「各位，我先走一步了。」狼人T仰頭長嘯，四肢伏地，一身黑衣爆裂成無數碎片，化身成一頭棕毛大狼，

牠四足一邁，有如一道棕色閃電，越奔越快，幾個起落就追上疾駛中的列車。

眾人只覺得腥風掃過，狼人T已經成功竄入列車上。

「該我了。」吸血美女淡淡微笑，往鐵軌一躍而下，魅影般的黑色身影，化成一隻巨大的蝙蝠，蝙蝠翅膀微微一震，速度如電，竟然和列車齊頭並行。

然後，蝙蝠一個迴旋側身，鑽入了列車之中，消失了蹤影。

「哈哈，我幽靈騎士也要走啦。」老頭子右手高舉，原本低矮的身體，突然暴長了一倍，變成一位身著雪白盔甲的英勇騎士，帥氣豪邁，完全沒有剛才猥瑣的模樣。

然後，一聲馬嘶，一匹雪白的駿馬，突然出現在幽靈騎士的身邊。

幽靈騎士一躍上馬，然後駿馬邁開四腿，達達馬蹄聲中，追上時速超越三百的疾行列車，只見這馬高嘶一聲，四足邁開，幽靈騎士竟然連人帶馬，直接穿入列車的鐵

牆，進入了列車中。

「大家都上了欸。」少年H笑著，做出一個禮讓的動作。「J老大，你先請吧！」

「好！那我先去了。」J露出俊朗的微笑，從他背上抽起一支長箭，在箭尾繫上長布，長布的另一頭則綁在他的手臂上。

只見J彎弓搭箭，對準列車。「中！」

長箭破空而出，正中車窗，然後被列車一帶，J凌空飛起，似險實安，踏入列車門中。

J也上車了。

「好，最後終於該我了。」少年H淡淡一笑，伸手入懷，夾出兩張泛黃的符紙。

「急急如律令，淩空咒。」

剛說完，這兩張符紙轟然爆出火花，在少年眼前突然出現一個黑色的漩渦，少年微笑，悠然踏入漩渦之中。

「嘿嘿，日本鬼們啊！本少爺來了，讓你們嚐嚐中國道士的厲害吧！」

第十二話《十三號車廂》

地獄列車登場人物之一

車掌阿努比斯（Anubis）

古老的埃及神祉之一，

在遠古的埃及神話中，阿努比斯是負責靈魂渡黃泉河的守護神。

曾幫助魔法女神伊西斯（Isis）擊敗混亂之神賽特（Seth），埃及的古神多以野獸圖騰作為標記，而阿努比斯是以狗頭人身出現。

中國少年H踏入黑色漩渦之中，只覺得身體一陣輕盈，眼前深邃黑暗，身體前傾，彷彿被某種巨大的力量吸入。

等到他恢復視力，只看見周圍盡是殘破不堪的景色，一張半圮的椅子，還有滿地散落的鐵鍊，彷彿才經過一場慘烈無比的激戰，留下滿目瘡痍。

少年H凝神一想。

這裡應該是列車的最末節，十三號車廂吧？

「唉……」少年低頭審視地上的鐵鍊，找到幾片骯髒的麻布，「這片麻布？麻煩人物木乃伊二十九，果然脫逃了！」

「其他人不知道落到哪節車廂了。」少年才想到這裡，突然他覺得背脊一陣發涼。

少年H還來不及思考，身體就做出自然反應，往前一滾，銀光一閃，他堪堪避過這個致命的一擊。

少年H滾了一圈，還來不及回頭，第二斧又夾著勁風削了下來！

少年H連回頭的機會都沒有，再滾一圈，這把斧頭的操縱者實在厲害，一斧追著一斧，九九連環，只把少年逼得在地上連滾九圈，直到車廂的盡頭。

碰！少年背直撞上列車的牆角，已無退路，此刻他終於看清了這斧頭的主人，竟然是……

「牛頭？！」

可是，此時的牛頭雙眼泛著血紅的光芒，好像完全沒聽到少年的呼喊，掄起手中的大斧頭，對著少年的頭顱，狠狠地砍了下去！

另一頭，狼人T不偏不倚躍入了十號車廂外頭。

他見到十號車廂車門半開半掩，隨著此刻列車的高速狂奔，車門劇烈搖擺著。

裡頭是一片黑暗。

伸手不見五指的黑暗。

狼人T只覺得他心臟怦怦跳著，野獸的直覺告訴他，越是黑暗的地方，越是危險。

狼人T屏氣凝神，隨著列車激起的狂風，牠隱約聞到裡頭混著野獸毛髮血腥的氣味。

「哼！勇者無懼！」狼人T拉開了車門。

一瞬間，五爪銀光劃破黑暗，就在狼人T的胸膛上，濺起數道血花。

吼嗚～～～～～～

黑暗中，只剩下狼人T驚怒的咆哮。

第十三話《騎士與小丑》

地獄列車登場人物之二

吸血鬼德古拉伯爵

素有吸血鬼之祖的尊稱，也是傳說中的第一個吸血鬼。

他曾是最虔誠的基督徒，以侍奉上帝為使命的十字軍戰士，東征途中，他的愛人卻因為誤信謠傳自殺，而基督教的教義中，自殺者不得進入天堂，為此，傷痛欲絕的德古拉憤而背棄上帝。

於是，他將力量賣給了魔鬼，卻同時誕生了超越一切的能力，德古拉的故事既淒美又恐怖，流轉千年，成為吸血鬼傳說的起源。

老頭化成了幽靈騎士，躍入急駛的列車中，幽靈可以自在穿過堅硬的牆壁，所以，他毫無困難地到達了一號車廂。

車廂裡頭，依然是那樣人聲鼎沸，熱鬧滾滾，笑聲不絕。

人群的中心，是一個身穿蓬鬆衣衫的白臉小丑。

白臉小丑不斷玩弄他手中的七色皮球，眾人則圍在他的周圍，發出不知道是哭還是笑的聲音，顯見白臉小丑的可怕之處。

幽靈騎士甩蹬下馬，此刻的他，不再是衰老糟老頭的模樣，此時氣宇軒昂的他，往小丑方向走去，右手握住繫在腰際的長劍，緩緩，緩緩地拉出長劍。

鏗～～～

長劍出鞘的清脆聲音，立刻驚動了所有歡笑的人們。

「惡靈小丑，我幽靈騎士，奉行騎士的精神。」幽靈騎士的聲音中有股浩然正氣。

「在此向你宣戰。」

同時，幽靈騎士透明的身軀盔甲上，發出嶉璨金光，透出一股莊嚴而神聖的氣勢，讓人完全無法聯想到他是剛才尖酸刻薄的老頭。

惡靈小丑放下了手中正在拋耍的彩球，瞪著幽靈騎士幾秒鐘，突然大笑起來，沒頭沒腦地問道：「幽靈騎士，你來得正好，猜猜我的球到哪裡去了？」

說完，小丑做出苦臉，雙手一攤，兩手空空。

見到此狀，騎士動作心中一驚，球，到哪裡去了？

就在同時，七顆消失的球，竟然像變魔術似的，出現在騎士的周圍。

「今天可是好日子。」小丑吹了一聲口哨。「那麼，來點煙火吧！」說完，小丑雙手揮舞，跳起舞來。

這一聲剛過，轟然一聲，七顆彩球瞬間點火，同時炸開。

身在爆炸中心的幽靈騎士逃無可逃，頓時被火焰和暴風整個吞沒。

八號車廂。

吸血鬼女，動作高雅，身影輕巧，慢慢地走入這個最空蕩的車廂。

車廂裡頭，一個滿頭白髮，如紳士般的老者，正露出微笑看著她。

「嗯，妳也是吸血鬼？妳是Brujah族的吧？」老者眼神溫柔，看著這位金髮披肩，身材窈窕的黑衣美女。

「您，您就是德古拉伯爵大人？」吸血鬼女手心不斷沁汗，只是站在這位人稱吸血鬼之父的大人物之前，她就覺得呼吸困難。

「叫我德古拉就好了。」老者溫和笑著：「我喜歡和晚輩親近。」

「您，您還能這麼冷靜……難道……」吸血鬼女想到，心中大喜，「您沒有中暴亂病毒嗎？」

「暴亂病毒？」德古拉搖了搖頭。「那是什麼？」

「太……太好了。」吸血鬼女緊張的情緒一鬆懈，眼淚就要要流出來。「中了暴亂病毒的妖怪，會全身充滿殺意，要屠殺所有生靈才肯甘休……我想如果連您都中了毒，以您的力量，肯定是一場無可避免的浩劫了。」

「啊？暴亂病毒？全身殺意？」德古拉淡淡微笑，「妳說的這種感覺，原來這叫做全身殺意？原來這叫做暴亂病毒？原來是這樣……」

吸血鬼女聽到德古拉伯爵這樣說，才剛鬆懈的心臟猛然糾緊，她猛然抬頭。

「您，您剛剛說什麼？！」

「難怪，我覺得好像回到年輕時候了。」德古拉面容平靜地說。「原來，我是中毒了啊……」

「NO！！！」

吸血鬼女發出一聲尖叫，兩手一抖，十根銳利的指甲刷刷亮出。

她身體微蹲，大腿用力，就要往前攻去。

要搶攻！吸血鬼女要先發制人！千萬不能讓德古拉動手！她唯一的勝算就只有這一刻！

可是，吸血鬼女只覺得眼前一花，她連跳都還沒跳出去，喉嚨就被一隻冰冷大手緊緊握住。

她的耳邊響起，一個充滿磁性的溫柔聲音。

「Brujah族的小女孩啊，讓我來教妳，真正吸血鬼的戰鬥方式吧！」

第十四話《亡靈守護者》

地獄列車登場人物三

狼人T

狼人是在遠古傳說中會在月圓變身的特異種族，據說真正起源是因為當時發現了一名被狼撫養的小孩。還有科學家指出，狼人不過是恐水症（狂犬病）的以訛傳訛，甚至有人質疑狼人是一種精神異常的疾病。

可是，卻沒有人可以解釋，為何在月光照耀下，狼人卻擁有超越人類的怪力，還有比野獸還要迅捷的身手。

在不斷流轉的傳說中，狼人成為家喻戶曉的荒野戰士。

獵鬼小組的組長，J，落在列車二號和三號車廂中間。

剛落下，他就看見一個熟悉的身影。

「阿努比斯？」

沒錯，這位永恆靈河的守護者，以一種背對車門的方式，雙手雙腳撐開，硬是靠著他的背脊，擋住了三號車門和二號車門的中間。

而他的周圍，散落一地的怪異武器，是各式各樣猛攻後的痕跡，彷彿經歷了一場血腥慘烈的肉搏，鮮血噴濺了整節車廂，

尤其是地上各式各樣奇形怪狀的武器、工具，還有刑具，散落一地。

適才的激戰多麼驚人，光看這一幕就可以一目了然。

J慢慢地走向阿努比斯，阿努比斯感覺到有人靠近，背向J的他猛然一顫，一挺獵槍，從他的腋下伸出來，對準著J。

見到此狀，J連忙大喊：「等等別開槍，阿努比斯，是我啊！」

「我知道是你！」阿努比斯聲音接近乾嚎，「快趴下！」

「什麼？」J瞬間明白他的意思，猛一趴下，阿努比斯的獵槍發出轟然巨響，J的頭上頓時十幾顆的子彈飛過。

接著，J的背後傳來一陣陣被子彈射入血肉中的悶響，然後是各種可怕的尖叫和怒吼。

原來，原本要偷襲J的惡鬼們，被阿努比斯這幾顆子彈給逼了回去。

「他媽的。」阿努比斯咬著牙，呼呼喘氣：「J小心，我撐到現在，就是要保護

三、四、五、六號車廂的好鬼亡靈……馬的，這個吊刑人率領的酷刑軍團實在厲害！我被他們偷襲好幾次！沒想到，由酷刑而死的惡靈，竟然這麼厲害！」

「老友，累了就休息吧！」J拍了拍阿努比斯的肩膀，「有我在呢！」

「嗯。」聽到J這樣說，阿努比斯用力喘了一口氣，身體慢慢地軟倒，他喘著氣。「要不是先被吊刑人偷襲，又被惡靈小丑攻擊，唉，也不會這麼狼狽。」

「放心！這裡就交給我吧，我跟吊刑人，還有一筆老帳沒算呢。」J微微一笑，自信的笑容在臉頰漾開。

「吊刑人和惡靈小丑攻擊完我之後。」阿努比斯喘著氣說道：「他們跑去釋放十三號車廂的木乃伊二十九，我知道事態嚴重，誓死要保護好的亡靈，就退到這裡和他們周旋……」

「真是辛苦你了。」J拍了拍阿努比斯的肩膀。

「現在幾點了？」阿努比斯突然想到什麼似的，抬頭問。

「還有十五分鐘，就到子時。」

「啊！剩下十五分鐘……如果不能在子時之前開啟黃泉之門，這台載滿發狂惡靈的列車，就會進入人間啊！」阿努比斯聲音發急。「可惡啊！」

「放心，有我在呢！」J知道事情非常嚴重，仍然安慰道。

「喔喔喔，看看是誰來了呢！」突然一個尖銳的聲音從遠方傳來。

J的前方，出現一個身材瘦長，臉色蒼白，腦袋歪斜，頸子纏繞著一條黑血繩子的身影，他不是別人，正是這次的主謀——吊刑人。

在他的背後，則是數十名被各樣奇異刑罰給折磨致死的兇靈集團。

有的惡靈肚子整個破裂，露出幾隻烏鴉的頭，這是來自古老西方的鳥刑靈魂。

有的惡靈身上已經沒有任何一塊完整的肌肉皮膚，這是中國最可怕刑罰下的產物——凌遲惡靈。

還有的是整個腰部被斬斷，上下半身分開的鬼魂，有的是一根長針從頭穿下，從屁股露了出來，這是東亞國家的針刑惡靈。

各式各樣死不瞑目的惡靈們，盤據在這節車廂中，J看得是心裡發毛，因為身為獵鬼小組的組長，幾百年的獵鬼經驗告訴他，死狀越是淒厲的鬼魂，通常就擁有越可怕，越強大的力量。

如今，這樣的惡鬼可不是一隻兩隻……是一整車！而且，酷刑人軍團中為首的，還是他的死敵……

「吊刑人！」J咬牙切齒。「果然是你搞的鬼！」

「喔喔喔，瞧瞧，這不是我的老朋友J嗎？」吊刑人露出淒慘的微笑，伸開雙臂，做出一個歡迎的姿勢。

「吊刑人！當年，我用這把弓箭將你送上絞刑台。」J壓住心裡的驚恐，冷笑。

「今天也不例外。」

「看看你，一樣綠色的外袍，一樣銀色的弓箭？」吊刑人仰頭笑了起來，聲音尖銳難聽。「時代都進步成這樣了，你還是這身窮酸的行頭？」

「你不也是？」J從背後拉出一把羽箭，搭上弓，「沒想到你當了鬼，還是一樣不長進，查理王。」

「查理王？」吊刑人歪著頭思索了一下，然後狂笑起來，「哈哈哈，好久沒人這樣稱呼我了。當年就是我害死你的愛人吧？我永遠記得她死在你懷裡的模樣，是吧，俠盜……」

「羅賓漢！」

吊刑人這句話剛出口，頭一轉，身上的繩索突然甩了出去。

J冷笑，手指放開，繃的一聲，羽箭貫空而出。

兩個宿敵，從人間到地獄，從正義到邪惡，再度交手！

第十五話《亡靈車廂》

地獄列車登場人物四
羅賓漢，人稱俠盜

他是英國中世紀中家喻戶曉的盜賊，他與小約翰組成盜賊集團，劫富濟貧，尤其是針對壓榨民脂民膏的貴族，他與當時英王查理一世的對決，更是坊間小說炙手可熱的題材。

關於俠盜羅賓漢故事的結局，坊間卻出現了許多版本，最常出現的一個版本，就是他終於被英王查理陷害，身受重傷，最後在心愛的瑪麗安的懷中，嚥下最後一口氣。

失控的列車，速度越來越快，在深夜發出尖銳的引擎聲，穿過一段又一段的鐵軌，在城市的下方，在人們的夢鄉最深處，忘情奔馳著。

它是地獄列車，地獄和人間最後一道防線。

列車上的三、四、五、六號車廂，是負責載運無辜亡靈通向地獄的良民車廂。

可是，此刻，四節車廂中四、五、六號車廂已經徹底被攻陷，無辜又沒有力量的亡靈們，扶老攜幼，倉促退入三號車廂，只留下幾個在亡靈中較有精神力量的靈魂，利用列車的地勢，勉強守住兇惡鬼魂的攻擊，可是，在往後撤退也是遲早的事情。

可是，如果將車廂視為一種軍事地形，它最大的問題，就是它不只一個頭，兩頭的車廂，很容易腹背受敵。

三號車廂的頭部、也就是一號車廂和三號車廂接駁的地方，車掌阿比底斯不顧重身的身軀，仍英勇地浴血奮戰。

他用僅存的靈力，守住了來自二號車廂中，以殘酷和暴虐所組成的惡夢戰隊──受刑人軍團。

就在此刻，手挽長弓，御箭如神的俠盜，J，終於帶來了遲來的喜訊。

「獵鬼小組上車了。」

援軍，終於來了。

亡靈們不斷往三號車廂擠去，早就超過了車廂所能容納的極限，混亂中，人群互相推擠，幾百位無辜的亡靈們，也忍不住發出痛苦的吶喊。

「啊！好痛！」

「小心。」

一個約莫五六歲的女孩，在人群的推擠下，重心不穩摔倒，眼看她瘦小的身軀，就要被無數的大腳所踐踏。

所幸，一隻蒼老又粗壯的手臂，在她跌落之前，輕輕接住了她的身軀，將她扶起。

小女孩淚眼汪汪，看著那個手臂的主人，輕聲地說：「老爺爺，謝謝。」

那手臂的主人淡淡一笑，他全身都覆在一件極大的黑色斗篷底下，連臉都看不清楚，可是就算如此，也遮掩不住他那雙明亮又充滿智慧的眼眸。

「老爺爺，我，我好害怕……」小女孩緊緊抓著老人蒼老壯實的手，鼻子抽噎兩下，眼看就要哭出來。

「別哭，乖乖。」老人溫柔地說著。「小女孩是跟媽媽來的嗎？」

「是！」小女孩用力點點頭。「可是媽媽……她不見了。」

「嗯，不見了嗎？別怕，等一下就會找到媽媽了。」老人眼睛瞇成一縫，條條皺紋下，是慈祥的笑靨。「還有，小女孩你放心喔，有一群很厲害的好人上車了，壞蛋馬上就會被趕走了。」

「真的嗎？爺爺你怎麼知道有好人上車了？」小女孩看見老人露出這麼親切的笑容，心情也開朗起來。

「呵呵，爺爺會變魔術啊……不過……」老人抬起頭，望向後面車廂的方向，臉色一沉。「恐怕還有一番苦戰吧！」

小女孩聽得似懂非懂，只用雙手緊緊抓住老人的手，人群擠壓下，她發現，在老人的腰間，黑色的斗篷底下，好像有個金屬的東西，發出鏗鏗的聲音。

她按捺不住好奇心，伸出手指，沿著那個奇異的金屬，慢慢摸了下去。

啊！原來這金屬是一把寶劍！

小女慢慢地摸了下去。

劍鞘上，還刻著幾個字，小女孩小聲地讀了出來。

「太陽之王．亞瑟。」

第十六話《少年顯身手》

地獄列車登場人物五

吸血鬼女

她隸屬於Brujah一族，而Brujah族是諸多吸血鬼族中，最具科學精神的一族，只是力量不夠強橫，而且在遠古的地獄傳說中，該族應該被全數滅族才對。

此外，吸血鬼的傳說起源已經無從考證。但是似乎已經成為奇幻小說的最愛，而且吸血鬼的缺點與特徵，也在數百年間，經由幻想家們的不斷改編，不斷地進化，變成一種有特色又有趣的種族。

不過，無論這幾百年吸血鬼的特性怎麼變遷，唯一可確定的，吸血鬼永遠不能克服日光的詛咒，並且畏懼著十字架和大蒜。

附帶一提，吸血鬼女的真正來歷，也成為這故事一個極大的謎團。

地點，十三號車廂。

時間，距離子時僅剩最後的十五分鐘。

十三號車廂中，牛頭手上的斧頭，對準少年H揮了下去。

少年H屏氣凝神，注視著眼前那把晶亮的斧頭，在空氣中畫出幾乎唯美的線條，對著自己的腦門砍來。

「臨、兵、皆、鬥、陣、在、前。」少年H臉色異常冷靜，低聲唸道：「給我，破吧！」

只見少年H這聲一出，原本平靜的車廂，竟吹起一陣刺骨的寒風，身材壯碩的牛頭被這寒風一吹，竟然險些站不住腳，踉踉蹌蹌往後退了兩步。

少年眼見機不可失，右手中指放入嘴裡用力一咬，幾滴鮮血凝在指尖。

他陡然站起，趁著狂風中牛頭姿勢不穩，用沾血的中指，迅速在牛頭胸口，寫上幾個鮮血淋漓的符咒。

從寒風吹起，咬破手指，到寫完符咒，少年H一氣呵成，短短幾秒鐘的光景，他就扭轉了頹勢，並且直接鎮住發狂的牛頭。

牛頭胸口被寫上凝血符咒，狂吼了一聲，身體竟然開始劇烈的收縮膨脹，好似一顆皮球，一會飽滿，一會乾癟，狀似嚇人。

少年H臉色凝重，看著在符咒下，不斷掙扎的牛頭。

「牛頭，忍下去，我替你鎮住這該死的暴亂病毒。」

之後，牛頭終於放棄掙扎，身體不再巨變，頹然軟到在車廂之中，

然後，少年H從懷中取出一面上面畫滿奇異紋路的鏡子，說道：「委屈你入八卦鏡一躲了，等過了黃泉之門，我再替你解毒吧！」

牛頭身中少年H的奇咒，早已精疲力竭，只能微微點頭，勉強吐出幾個字。

「謝謝……謝謝張天師……」

「別那麼客氣，來吧！」少年H高舉八卦鏡，只見車廂中銀光閃電般劈過，照亮了整座車廂。

銀光過後，牛頭早已不見蹤影，只留下一把斑駁的斧頭。

少年H抬起頭，稚嫩的臉龐，在昏黃的燈光下，顯露出一張與他年齡全然不配的滄桑臉龐。

「伏妖除魔，本是我輩之責……」少年H彷彿想起了一件令他神傷的往事。

「怎奈何……」

就在少年H嘆息之際，背後突然傳來兩聲鏗鏘、鏗鏘的聲音，少年H還沒意識過來，脖子一緊，就被一條粗大的鐵鍊給纏上了脖子。

「可惡！忘記有了牛頭，就一定有……」少年H抓著自己喉嚨的鐵鍊，呼吸困難。

「馬面！」

十號車廂。

話說狼人T才推開門，就感到胸口傳來一陣錐心刺骨的疼痛，被劃破兩道清晰血痕。

可是，狼人T什麼沒有，就是戰鬥意志堅強，這種小傷不但挫不了他的鬥志，反而激起了他的怒氣。

「吼～」牠發出一聲狂吼，四肢伏地，瞬間竄入十號車廂的門中，手腳並用，有如一團滾滾轉動的火焰，追逐那隻偷襲牠的生物。

黑暗中，那隻生物猛然回頭，一雙碧綠眼珠閃閃發光，牠驚懼地發現，牠惹錯對象了，牠竟然惹上了一隻比真正野狼還要兇猛數十倍的戰鬥怪物——狼人T。

只見漆黑的十號車廂之中，兩道快捷的黑影一前一後的奔馳著，任何可以踏腳的地方，都成為牠們追逐的路線。

從椅子跳上到車窗玻璃，在玻璃留下幾道爪痕後，然後牠們躍上了天花板。

就在天花板的這一瞬間，暴怒的狼人T終於捕捉到牠的獵物，前爪撈住了獵物的左腿，撕下一道清晰的血痕。

然後，天花板上黑影糾纏在一起，砰的一聲！兩道黑影同時摔到地上。

戰場從天花板轉移到了地板，卻依然兇險。兩隻猛獸不斷近身嘶咬，任何一瞬間，都可能是開膛破腹的大禍。

黑暗中，聽到狼人低沉淒厲的怒吼，和不知名動物略微高亢的尖嘯，終於，偷襲者淒慘的尖叫了一聲，牠感到背脊一陣劇痛，劇痛入骨，被狼人T比鋼鐵還要堅硬的利牙，咬透了牠的脊椎。

無名生物原本堅硬有彈性的脊椎，在狼人T不斷深入的牙齒下，被當成餅乾般，卡卡卡卡……碎成十幾段。

「嚎嗚～～」狼人T咬碎了對手的骨頭，得意的仰起頭，發出勝利的呼吼。

可是，就在牠抬頭的一瞬間，牠獃住了。

此時此刻，狼人T才真正明白了，牠的處境是多麼危險。

原來在狼人T的周圍，原本黯淡無光的十號車廂，不知何時，竟然同時閃起上百雙綠油油的眼睛，每雙眼睛中都透露著噬血的殺意，惡狠狠地瞪著牠。

這些眼睛，都是屬於荒地野獸的眼睛，每雙眼睛還發出相同的訊息，我們要血腥！要憤怒！還有殺戮！。

果然，所有的野獸惡靈都中了木乃伊二十九的「暴亂病毒」！

狼人T動作一頓，不敢再動，牠覺得背脊一片沁涼，因為已經被冷汗整個浸透了。

再兇猛的獅子，在上百隻發狂野獸的圍攻下，也絕對是屍骨無存，死路一條……

就算牠是一頭狼人，面對這麼多暴亂的怪物，恐怕也是……

雙方互瞪了足足一分鐘，突然狼人T感到一點不對勁，野獸們為什麼還不動手？

難道他們在等什麼？

動物會放棄口中的食物不發動攻擊，只有一種可能……牠們在等領袖。

狼人T感到呼吸逐漸沉重，野獸們的領袖，就是傳說中操縱黑暗和巫術，妖魅動人的九命怪物——貓女。

「貓女，妳終於要露臉了嗎？」狼人T不驚反笑，體內好戰的血液，緩緩沸騰起來。

第十七話《九命貓女》

地獄列車登場人物之六

貓女

貓，自古以來就被喻為神秘而且不死的象徵。

對貓的尊崇，可以追溯到最古老的埃及古文明，在埃及的壁畫上，貓就是蹲坐在法老王身邊的聖獸。

只是後來，貓的詭異和神秘，卻讓牠在中古歐洲時期，甚至跟女巫劃上等號，在獵殺女巫的古老教徒眼中，貓是一種可以和靈界溝通的生物。

一直到了科技文明的現在，人們仍不能逃避地恐懼著貓，將黑貓視為一種厄運。

而且，不斷有傳言認為，貓有九命，能不斷復生。

而貓女的傳說，也就在這些故事中，不斷不斷地流轉，成為家喻戶曉的人物。

十號車廂，此刻仍是一片漆黑，狼人T握緊雙拳，等待著野獸的領袖，貓女的出現。

在狼人T的周圍，是上百雙閃爍的幽綠眼珠，牠們的鼻子噴出陣陣濃重的氣息，嘴裡發出攻擊前的野獸低吟，讓狼人T心神不寧，陷入從未經歷過的危險處境中。

狼人T雖然心驚，可是仍不畏懼，所謂「擒賊先擒王」，牠相信只要擊倒貓女，挾持住貓女，牠仍有一絲勝算。

於是，狼人T和數百隻野獸，就在這一片黑暗的車廂中，無聲對峙著。

對峙著……可是，就在一剎那，狼人T的表情突然變了。

原本還能保持冷靜的牠，額頭突然像是下雨似的，冒出了一顆又一顆斗大的汗珠，沿著毛茸茸的額角，慢慢地滑過面頰，然後短暫在下巴停留片刻，隨即就被另一滴汗珠追上，滴落在車廂的地板上。

地板，很快的，就被牠的汗水弄潮一片。

汗水混著剛才死去野獸的血，發出刺鼻的氣味。

可是，狼人T的眼前，明明沒有出現半個人。是什麼讓勇敢著稱的狼人T，突然做出這樣的改變，受到如此的驚嚇？

到底在這個黝黑無光的車廂中，狼人T到底看到了什麼？

不，狼人T什麼都沒有看到，牠沒有看到有人出現在眼前的車廂，更沒有看到這位傳說中的貓女。

可是，就是什麼都沒有看到……才真正讓人感到恐怖。

因為，在這一瞬間，狼人T突然明白了……

貓女不是沒有出現，而是早就出現了。

因為，狼人T的肚子，此刻，正被五隻銳利無比的爪子，精準的割開。

狼人T甚至沒有低頭，就知道自己的腸子已經被這隻爪子掏出來，敵人甚至用牠那條長長帶刺的舌頭，慢慢地舔拭著這條腸子。

還在牠的在腳邊，發出「呼嚕，呼嚕」的笑聲。

狼人T也明白了另外一件事，這些綠眼睛的野獸們，之所以不動，也並不是在等待貓女的命令，而是對牠們首領貓女的殺人技巧，有著足夠的信心。

野獸們確信，不用牠們一湧而上，貓女就有絕對的能力，虐殺眼前的闖入者。

狼人T銳利的狼牙猛烈地打顫，咯咯咯咯地響著，牠身體站得筆直，額角的汗珠不斷淌下，幾乎成了蜿蜒的小河。

牠明白的最後一件事，就是牠犯了一個錯誤，一個非常非常致命的錯誤！

狼人T加入獵鬼小組已經五十年，犯的錯誤不少，但是可以肯定地說，以這個錯誤最為嚴重，嚴重到必須付出牠的生命來償還。

剛才牠竟然沒有去確定一件事，那位「被牠殺死的偷襲者，能不能繼續戰鬥？就算敵人的脊椎已經被咬碎，喉嚨也被啃斷。」

一般野獸，脊椎斷碎，喉嚨裂開，就肯定死亡，這是生物界的基本法則。

可是，這條法則，對傳說中擁有九條命的「不死貓女」，可就不一定了。

所以，死而復活的貓女，悄悄的，殘忍的，在狼人的腹部，開了一道通往地獄的口子。

「喜歡我的偷襲嗎？帥哥？」貓女嬌膩地笑著，用牠的爪子，在狼人壯碩的肌肉上，來回磨蹭著。

接著，狼人高大的身軀慢慢顫抖起來。

倒下。

倒在被血與汗水浸溼的地板上。

牠輸了，狼人T知道，這場狼人和貓女的宿命對決，牠連命都輸掉了！

第十八話《喜歡我的偷襲嗎？》

地獄列車登場人物七

道士少年

道士，是源自中國的一個古老行業。

道士源自於道教，而道教則源自於東漢時期的中國，那時候，以崇拜老子為宗神。

道家信奉鬼神，深信修道登仙之說，而經過歷史演進，就產生一種特殊的行業，可以藉由咒語或是符咒驅趕或奴役鬼神，為人所用。

這種特殊的行業，就是道士。

十三號車廂。

少年H的雙手緊緊握住掛在自己脖子上的鐵鍊，雙腳已經懸空。

在他的背後，是已經發狂的地獄特使——馬面。

馬面激烈的呼吸噴在少年H的後頸上，讓少年H越來越感覺到死神的靠近。

「馬……馬面……」少年H掙扎著。「你……你忘記我了嗎？我是張……」

可是，馬面聽到了少年H的說話，下手不斷沒有放輕，還越扭越緊。

「馬面，你不要逼我。」突然，少年H一改他嘻皮笑臉的表情，一雙溫和的眼睛，放射出震懾群魔的憤怒光芒。

「嘶。」馬面身軀一抖，手上的鐵鍊一顫。

「我說過，你不要逼我！」少年H突然吼了一聲。

這一瞬間，馬面突然從暴亂病毒中清醒了過來，也許是因為來自體內野獸的本能，讓他突然明白，他必須要面對多可怕的危險，這個危險來自他鐵鍊下的男孩。

不過，無論馬面清醒與否，都已經太遲了。

因為少年H已經掙脫了鐵鍊，手上的八卦鏡閃爍著詭異的紅光，紅光刺眼，對著馬面，直罩了下來。

狼人T倒在血泊之中，身體僵硬不能動彈，此刻在牠腦海裡不斷流過的，是屬於

牠年輕時候的記憶。

狼人T在年輕的時候，輕狂任性，將倫敦警察玩弄於鼓掌間。直到後來，在一次偶然的機會裡，牠遇見了她……

牠永遠記得牠遇見她的那一刻，積鬱多時的倫敦濃霧彷彿瞬間被晨曦射開，她的笑容，就是那道晨曦。

後來，倫敦又發生了許多事情，狼人T和她從相識、誤解，到互相了解……最後，卻留下了狼人T一輩子最難以磨滅的遺憾。

為了完成自己這個遺憾，被地獄所逮捕的狼人T終於承諾地獄政府，加入獵鬼小組，成為守護人間亡靈的一份子，牠身上的號碼，就是獵鬼小組的第四號。

而牠手臂上那朵嬌豔的玫瑰，就是當年在倫敦與她相遇的最佳證明，放浪不羈的狼人T，在牠的心中，真正記掛的，就是那朵玫瑰，也就是當年在倫敦的那位女子。

只是，狼人T卻深深地嘆了一口氣，如今牠的生命終於要結束了嗎？

牠不甘心，不明不白的死在這個老朽的車廂中，敗在一位狡猾多詐的貓女手中？

就算牠的生命力比尋常野獸多上十倍，就算開膛破肚也能藉由肉體的復原力，在二十四小時能完全康復。

可是那又如何呢？牠感覺到牠的周圍那群兇惡的野獸，他們嘴裡發出的惡臭，正慢慢地在牠身體附近梭巡，好像在挑選牠身體裡頭，最好下嘴的位置。

再強的復原力也沒用，身體被咬碎了，就真的無法復活了。

狼人T不怕，成王敗寇原本就是自然界動物的準則，只是牠有些捨不得，捨不得幾百年前，牠答應地獄成為獵鬼小組的條件。

讓牠，有機會，再見「她」一面，唉……只要一面，一面就夠了啊！

讓牠能夠對「她」說，對不起，真的，對不起！

可惜，來不及了，終究是來不及了。

就在狼人T的虎目含淚，緩緩閉上雙眼之際，突然，牠察覺到周圍有些異樣，這異樣來自飄在車廂中的碎紙片。

這些碎紙片，是什麼時候出現的呢？

狼人T感到訝異，因為牠接著發現，這些泛黃的碎紙不斷地從通往十一號車廂的門口飄來，有如一條細細的小河。

而且碎紙似乎有生命，他們井然有序的一片接著一片，落在狼人T倒臥附近的十公分處，慢慢把牠包圍了起來。

黑暗中，狼人T運起野獸敏銳無比的視覺，凝視這些的碎紙，上頭竟然有字？

狼人T認識的各國文字極少，但牠依稀可以分辨出，碎紙片上奇特的字，是一種用毛編織而成的筆，沾上紅色水，所寫成的字，也是古老的中國人，用來書寫的方式。

「中國人？中國字？」狼人心臟猛然一跳，因為牠想到了一個人，一個另外一起登車的獵鬼小組夥伴。

然後，就在同時，有一張紙行跡詭異，它不飄向四周，反而直接飄到狼人T眼前。

狼人T一看，紙上頭果然有字，還是這世界的共通語言——英語。

「Please speak it loudly！it's a surprise!」

「lin bin j dau gan lea gai chan...」

狼人T越讀越是訝異，牠決定順著這張紙的意思，慢慢地張開了嘴巴，一個音接著一個音的唸著：「臨……」

就在同時，周圍聚過來的野獸越來越多，牠們因為可以殺戮而興奮著，沒有人留意到地上的碎紙。以及這位垂死的失敗者，嘴裡正嘮嘮叨叨唸著什麼。

「兵……」

野獸中只有一個人豎起了耳朵，她就是貓女，貓的聽覺原本就是其他動物的五十倍，愛乾淨的她梳理著自己的手掌，蹲到狼人T的身邊，歪頭傾聽。

「皆……」

「嘻嘻，帥哥，還有力氣講話啊？」貓女瞇著一雙迷人的貓眼，「難道你不喜歡我的偷襲嗎？還有什麼想要說嗎？」

「鬥……」狼人T咬著牙，完全不理貓女，牠拼著一股氣，也要把這行奇怪的字給唸完。

「這是？」貓女秀眉微微一鎖，凝神傾聽。

「陣……」狼人T繼續唸著。

突然，貓女臉色大變，眼睛突然爆出晶瑩的金光。

「在……」狼人T咬著牙，死命唸道。

同時，貓女以一個後空翻的姿勢，使勁往後逃去，嘴裡卻發出淒厲的尖叫。

「離開！動物們！快離開！快！！」

正在觀望美食的野獸們訝然抬頭，完全不明白發生了什麼事。

這一瞬間，狼人T用盡僅存的生命力，嘶吼出最後一個字。

「……前！」

「臨、兵、皆、鬥、陣、在、前！」這不是中國古老的咒語嗎？這個咒語完成了！

然後，狼人T只覺得周圍一片燥熱，周圍的數百張紙片竟然同時飛了起來。

在狼人T的眼中，一切就好像是一部慢動作電影，碎紙一片接著一片點燃，在狼人的四周，圍成一道豔紅色的光圈。

這紅色的光圈逐漸擴大，擴大，再擴大。

再再擴大。

轟！！！

光圈頓時變成了炙熱的火牆，往四面八方轟然炸開，一波一波紅色火浪瞬間吞噬了所有的野獸，黑暗的十號車廂被兇暴火焰淹沒，陷入一片熊熊火海之中。

狼人T看得是目瞪口呆，只是這樣一個咒語，竟然有如此威力？周圍熱風不斷吹來，伴隨著動物們臨死前的哀號，更怪異的是，火焰雖旺，卻沒有一絲燒到牠的身上。

然後，狼人T的耳中竟然聽到一個再熟悉不過的聲音，

那是少年H的聲音。

「喜歡我的偷襲嗎？美女。」

第十九話《逆襲》

地獄列車登場人物之八

棒球先生・貝比魯斯

他算是作者惡搞出來的產物。

的確，貝比魯斯的英文名字是BabeRuth，當年效力於美國大聯盟紅襪隊，當年因為被老闆出賣，以低價賣給洋基，貝比魯斯憤而對紅襪下了可怕的詛咒「紅襪永遠拿不到總冠軍！」

從此之後，美國紅襪隊雖然多次打入冠亞軍賽，卻始終缺臨門一腳飲恨，成為美國職棒大聯盟史上最著名的詛咒之一。

而紅襪終於在二〇〇四年奪得了總冠軍，距離上次奪冠的時間，差距了足足八十六年，可見這個貝比魯斯詛咒是多麼可怕！

火海中，狼人覺得身體一輕，被一雙瘦弱的手臂整個抱起，搖搖晃晃地往前跑去。

「你好重……」這雙細手的主人，是剛才大展神威，設下精心陷阱，爆殺整節車廂的中國男孩，少年H。

「好傢伙！你還真是深藏不露！」狼人深受重傷，大汗淋漓，仍忍不住開口稱讚這位救了牠一命的奇男子。

「呵呵，其實你誤會了。」少年H一邊抱著狼人T，臉上卻露出調皮的笑容，「其實這火焰是你放的啊，不是我放的喔！」

「哈，這麼謙虛？聽說謙虛是中國人的美德？」狼人T說：「說真的，我只是替你唸那……對了，那是咒語嗎？」

「是，是咒語，中國古老的咒語。」少年H微笑說：「但是你難道不會覺得奇怪嗎？剛才火焰這麼兇猛，卻沒燒到你，因為這火焰是你放的啊！」

「我放的？」狼人T露出不解的神情。

「這樣說好了，你把我的咒語當作一個媒介，就像是……一個微波爐，你的靈力就是食材，經過微波爐，就會變成一道香噴噴的菜餚，這裡的菜餚就是剛才將整車野獸燒光的火焰……你懂了嗎？」少年H嘻嘻一笑。

「狼人T，這樣也許有點難懂。不過基本上，因為你的靈力強大，才能造成這樣壯烈的火牆，你要謝謝的人，是你自己。」

「嘿……」狼人T有些迷惑，不過還是點了點頭。「你們中國人還真是謙虛……」

「你可以走動了嗎？」少年H問道。

「可以了。」狼人T一踩實地，腹部立刻一陣劇痛，讓牠想起了貓女的狡詐和高明，這樣的對手實在讓人不想再碰到一次了！

「走吧！」少年H和狼人T兩人邊說邊前進，互相攙扶，在熊熊燃燒的車廂中，顛簸前進著，眼看車門就在前面。

「快到了！前面就是車門了！」少年H低聲歡呼。

突然，少年H感覺到狼人T抓住他的手腕，勁道之強，讓少年H一陣錯愕。

「怎麼？」少年H問道。

「趴下！」

狼人T低吼一聲，不由分說，壓著少年H的頭，就往地上摔去。

「什麼……？」少年H還沒弄清楚，突然，他感覺到頭頂一陣冰涼的風吹過。

同時，他的數十根黑色髮絲，隨著這陣涼風，竟被無聲割斷，在火海中飛舞起來。

接著，那陣涼風幻化成一道黑影，先是竄上天花板，然後雙腳一撐，輕巧地落在地上，一點聲音都沒有地站在少年H的面前。

「哼，好孩子們，要走了也不跟姊姊說一聲，真是見外……」

一個面容豔麗，語聲柔膩，臉上還帶著一絲難馴野性的嬌小美女，雙手扠腰，昂然立在少年H他們眼前的道路上，剛好擋在十號通往九號的車門之前。

這位美女身材雖小，但是一身黑色緊身衣，將她的身材襯托得玲瓏有致，而她帶著一張遮住半臉的面具，只露出一雙靈活的眼睛，那是一雙貓的眼睛。

「貓女？」

少年H只覺得全身毛骨悚然，因為剛才貓女施展的偷襲無聲無息，快如閃電，簡直就是暗殺高手中的高手。

若不是狼人T的野獸直覺高人一等，此刻在火海上飛舞的，恐怕就不是幾根髮絲，而是少年H的頭了。

「小心，這貓女很厲害！」狼人T在少年H耳邊，輕聲地說：「剛才我跟她打過一場，雖然論力量我略勝一籌，但是她的速度很快，又加上貓有九條命，會死而復生，所以很難纏。」

「嘻嘻。」貓女耳朵靈敏，狼人T的話聽得是一清二楚。「被帥哥稱讚了，真令人高興。」

貓女一邊說著，一邊用手托腮，做出害羞的表情，可是貓女那雙閃爍的貓眼，妖媚中透露出陣陣殺意，在火光照映下，讓人不寒而慄。

貓女，真是好一個美豔超群的高手。

「嗯，原來是這樣，好吧！」少年點了點頭，蹲下，然後卸下背包，從裡頭掏出了一個東西。「這東西有點重，貓女，請等我一下喔。」

「什麼？」貓女好整以暇，眨了眨美麗的貓眼，看著少年H還能搞出什麼花樣。

「好了。」只見少年從背包中掏出了一把紅色的桃木劍。「先提醒妳一聲，這雖然是木劍，但是被砍到還是會很痛的。」

「呵呵……木劍？」貓女瞇起雙眼，鼻頭嗅了嗅，似乎在檢查這木劍的不凡。

「好了，我準備好了！」少年握住木劍，很慢很慢地往前刺去。「小心，劍要來了。」

先不論少年H竟然在攻擊前先提醒敵人，光看這劍法，未免也太慢，慢過頭了吧！

「啊啊！少年H！這樣不行啦！」狼人T急了起來，「你明明知道貓女的速度比閃電還快，不在我之下，你還擺這樣的動作，馬上就會被她反擊的！」

見到少年H的慢劍，悠閒的貓女也露出古怪的表情，她從剛才少年H設下陷阱，一口氣滅殺整車的野獸之後。她不敢輕視於他，可是這一把平凡的桃木劍，加上這少年如此緩慢的攻擊，實在看不出什麼玄機。

先試試！她嬌笑一聲。

五根貓爪刷刷亮出，貓女以肉眼無法辨識的速度，瞬間，閃過桃木劍的攻擊範圍，對著少年H的喉嚨劃去。

只是一擊，就要分出勝負！

砰！

就在貓女要割下少年咽喉之際，發生了一件奇怪的事情。

搶攻的貓女莫名其妙地轉到少年的背後，然後身體搖搖晃晃，一個踉蹌，跌倒在列車上。

「欸？」貓女身體靈巧，身體一個打挺，身體就從地板上彈起。「怎麼回事？」

「啊！剛剛發生了什麼事？」狼人T也露出奇怪的表情。「中國魔法？」

「嘿，這可不是魔法喔。」少年微微一笑，轉過身對著貓女，手中的桃木劍又慢慢地往貓女刺去。

劍的速度，還是慢得可以……

「哼！」貓女雙手同時亮出爪子，揮舞成一道肉眼無法分辨的銀光之網，這次她決定不再手下留情，然後，只見她以迅雷不及掩耳的速度，鑽入少年H的懷中。

雙爪對著少年H的肚子割去，眼看就要把少年H攔腰切開。

「啊？」可是，就在貓女的指尖碰到少年H腹部布衣的瞬間，她突然發現，有件事好像不太對勁。

為什麼？

為什麼原本躺在地板的狼人T，會變成在天花板上？

咦？少年H怎麼也倒立站在天花板上？

嘿？怎麼連火焰的方向怎麼都倒轉了？

不！不是他們倒轉……是我！是我倒立了！

砰！瞬間，貓女竟然被旋轉了一百八十度，接著，她頭狠狠地摔落在地板上，一陣莫名其妙的頭痛從腦門傳了上來。

貓女坐在地上，摸了摸頭昏腦脹的腦袋。露出百思不解的表情。

她的眼前，是少年H淡淡的笑容。「嘿嘿，還打嗎？」

「當然打……」貓女盤腿坐在地上，屁股上的尾巴翹了起來，搖著搖著，臉上則是無辜又可愛的笑容。「小男孩，這是什麼招數？好神秘呦，可以跟姊姊解釋一下嗎？」

「想聽嗎？」少年收劍而立，捏了一個劍訣在手中，姿勢凝重。「這叫做太極劍，是我很久以前看老鷹和烏龜打架自創的。」

「太極……太極劍……看烏龜和老鷹打架？」貓女笑了起來，看到她的笑容，絕對無法聯想到，她會是如此可怕的暗殺高手。「少年啊，你真的好有趣，姊姊真想好好疼你呢。」

「謝謝姊姊，貓姊姊也很漂亮啊！」少年H笑著回答。

兩人一問一答，氣氛正輕鬆的時候，突然，貓女身體一彈，身體化作一道肉眼無法辨識的黑影，在少年周圍狂奔起來。

「好快！」狼人T臉色微變，「原來，這就是貓女真正的速度？難道剛才她對我並沒有用真正的實力嗎？」

只見貓女繞著少年H不斷跳躍，瞬間跳上天花板，瞬間鑽入椅間，瞬間又滑過少年面前，瞬間出現在少年背後。

貓女速度太快，快到讓人無法分辨，猶如一個滾滾黑雲，纏繞在少年H的周圍。

「哎啊，貓女姊姊，你還不懂嗎？」少年淡淡一笑。「只是快，是沒有用的喔。」

一陣冰涼的風拂過少年H的臉頰，貓女終於發動攻勢了。

然後，這次，貓女沒有摔倒，沒有倒翻。

卻也沒有將尖銳的爪子，插入少年柔軟的身體中。

她只是停了下來。

保持著最後攻擊的姿勢。

一動也不動。

然後少年H捏了一個劍訣，蹲下，慢條斯理的把桃木劍收入背包中，沒有看貓女一眼，攙起狼人T。

「狼人T，走吧，我們只剩下十分鐘了。」少年H說。

八號車廂，德古拉伯爵專屬的車廂，

此刻，卻又是另一番情景。

一個金髮披肩的美女，她單膝跪地，不住喘氣，全身早被血浸溼。

在她面前，是一個優雅的中年男子，正用他溫柔的語調說著：「懂嗎？小女孩，吸血鬼應該是這樣戰鬥的。」

這美女不是別人，正是吸血鬼女，她抬起頭，雙眼閃著憤怒的野獸光芒。

而這名男子也不是別人，正是擁有「最強」尊號的吸血鬼之祖，德古拉伯爵。

「好，這眼神就對了。」德古拉笑著說。

「吼！」吸血鬼女彈出，有如一顆呼嘯的子彈衝向德古拉，聲勢猛烈，可是，德古拉卻只是輕描淡寫地伸出左手。

卡一聲！德古拉的左手抓住了吸血鬼女的手，一個輕鬆寫意的扭轉，就將吸血鬼女的手臂扭斷，強大的餘勁，還帶著她的身體猛力轉了三圈。

「啊～～～～～～」吸血鬼女發出痛徹心扉的怒吼。

砰！她重重摔在地上，躺在地上，不斷地喘氣。

躺在地上的吸血鬼女，看到了德古拉的皮鞋鞋尖，一步一步靠近，就停在她面前。

然後，德古拉蹲下，左手輕輕托住吸血鬼女曲線完美的下巴，說道：「還要記住一點，無論任何攻擊，茫然亂衝絕對是無用的。」

「是嗎？」吸血鬼女冷笑，「對了，您剛才不也說過，無論敵人是死是活，停在敵人附近三十公分內都是危險的？」

「喔？」德古拉露出讚賞的表情。「是的，我剛的確說過這句話，所以呢？」

「所以，就請您就為您的自負，付出慘痛的代價吧！哈哈哈！」吸血鬼女大笑，右手從懷中一掏，一個綴滿寶石的銀色物體，出現在吸血鬼女的手中。

然後，吸血鬼女舉起那銀色物體，對著男子胸膛，狠狠插入，血花四濺。「第一代吸血鬼，德古拉伯爵。」

「這東西？」德古拉望著插在他胸膛出現的異物，露出詫異的表情，「妳的身上怎麼可能……帶著這個禁忌的東西？」

這個禁忌的東西，赫然是一把十字架！

「伯爵啊！你們古老的吸血鬼的力量雖然強大，但是缺少進化。」美女躺在地上，聲音得意。「我要告訴你，吸血鬼不斷進化，現在已經不怕十字架了。古老而強大的伯爵啊，這一次，您就服老了吧！哈哈哈……」

「嗯，小女孩妳戰術的確很高明。」伯爵表情依然優雅，看著他胸口的十字架。「先將誘我上前，然後突施偷襲，而且用的是一擊必殺的武器，完全沒有給敵人一絲反擊的機會。」

「謝謝，您過獎了伯爵。」吸血鬼女笑了笑，掙扎著要站起。「我相信以您的力量，這十字架雖然塗上了聖水，也不會對你的生命造成威脅，您只要乖乖不動，等到列車過了黃泉之門，我馬上親自幫您治療，跟您謝罪。」

吸血鬼女慢慢地起身，她全身的骨骼已經被德古拉折得亂七八糟，可是吸血鬼強大的復原能力，正緩緩恢復她的精力，加上她擁有比誰都要堅強的意志，只要還能呼吸，她就會奮戰不懈，往列車頭靠近一步。

吸血鬼女轉身，背對伯爵，半走半爬，往七號車廂走去。

「伯爵，抱歉了，剩下十分鐘，我得先走了。」

「小女孩，等等……」德古拉看到金髮美女轉身要走，出聲喚住了她。「我剛剛只是稱讚妳戰術考試考得不錯，可沒說要讓妳畢業啊！」

「什麼？」美女皺起秀眉，回頭一看。

看到眼前的畫面，她頓時獃住了。

因為她看見了，德古拉伯爵竟然用手拔出了十字架，然後，放到他的唇邊，微笑，親吻了十字架上的寶石。

這一瞬間，吸血鬼女只覺得全身猶如墮入冰窖……

然後，德古拉抬起頭，雙眼閃爍著光芒，看著金髮美女。

「如果妳說的是耶穌，其實，幾百年前我們就和解了呢。」德古拉微笑，「妳的戰術不錯。可惜情報取得上卻是零分，所以我正式宣佈，妳這門科目……重修！」

第二十話《決定》

地獄列車登場人物之九

太陽王．亞瑟

源自於英國的古帝王，是一位以正直和勇敢名揚於世的君主，曾率領二十八位英勇的圓桌武士，征服整片英國大陸，成為英國人們心目中最偉大的傳說。

尤其是他的生平，從拔起石中劍，成為上天欽點的帝王開始，後來經過大法師梅林的指導，和各國激戰，擊退湖中女王……一直到尋找失落的聖杯，他和他的圓桌武士們，創造了一個屬於歐洲人最浪漫的武士傳奇。

最後，上天給了他一個最艱難的任務「尋找聖杯」。

從此二十八圓桌武士分別踏上征途，同時也宣告亞瑟帝國進入尾聲，終於命喪在戰爭之中，但是手持太陽之劍的亞瑟王威名，卻永遠留存了下來。

PS.亞瑟王曾從湖中女王手中得到一把神劍，這把神劍可以發出陽光般燦爛的光芒，群魔辟易，故世稱亞瑟王為太陽之王。

少年H和狼人互相攙扶，打敗了貓女，終於離開了十號車廂，往前推進到了九號車廂。

九號車廂裡頭，全都是一些拿著球棒，中了暴亂病毒，全身肌肉的棒球選手。

「這是棒球選手的車廂……」狼人T說：「他們的老大是貝比魯斯！」

「貝比魯斯？他在哪裡？」少年H游目四顧，看著周圍不斷圍過來的兇惡選手們，卻沒有看到一個老大級的人物。

「不知道，大概被做掉了吧？」狼人T搖了搖頭。「那傢伙跟貓女比起來，也是小角色一個，不用太在意的。」

「好吧，那我們就直接闖過去吧！」少年H一笑，潔白的牙齒。

「可惜啊可惜！」狼人T聳了聳肩。「可惜，我是大聯盟紅襪的球迷，原本想要趁機踢貝比魯斯這混蛋幾腳的。」

「呵呵，是啊！算他命大。」少年H一笑，毫無畏懼的，迎向了朝他奔來的，一群揮舞著球棒的惡靈。

「打發這裡要多久？」狼人T笑著說。

「三球。」少年H比了一個三的手勢，「三球的時間，就讓這裡全部三振回家吧！」

這裡是三號車廂，也是無辜亡靈躲藏的最後防線了。

從七號車廂跑出來的日本鬼們，因為沒有遇到什麼大的阻礙，所以他們很快的佔領了六號車廂，突破了五號車廂，四號車廂被破，也是轉眼的事情。

而數百名無辜的亡靈，一路哭喊著後退，全都擠入了三號車廂。

只見他們互相踐踏，哀號聲不斷傳來。

而人群中，披著斗篷的神秘老爺爺，用手緊緊地抱著小女孩，用他粗壯的手臂護著小女孩的安全。

小女孩則摟著神秘的爺爺，眼淚晶瑩剔透，從她純潔的臉頰不斷淌下。

「爺爺！媽媽……人家要媽媽……」女孩哭著。

老爺爺沒有說話，只是用手輕柔地拍著小女孩的背部，柔聲安慰她。

老爺爺他滄桑的眼神，透出熊熊怒火，似乎在極力隱忍著什麼。

就在這一片喧擾混亂的時刻，人群中，傳來一聲銳利的尖叫。

「啊～～～」

接著，一大片混亂的叫罵聲。

「有人中暴亂病毒了！」「馬的！不要靠過來！救命啊！」

「救命！不要靠近！會傳染的！」「去死吧！」

「殺了她！」「別……別亂抓……滾開！」

此刻亡靈們，就像沙丁魚般擠滿了車廂，完全沒有空隙，卻有一個人暴亂病毒爆發，原本就危急的情勢，更加混亂起來。

人群不斷騷動，那位爆發病毒的人身形扭曲，亂吼亂抓，周圍的人嚇得不斷閃躲，雖然整車已經完全沒有空間，可是人們奮力後退，在這位中毒者的周圍，清出一個圓形的位置。

圓形的中央，一位中年女性中了暴亂病毒，她披頭散髮，不斷尖叫，從她的衣著看來，她原本是一位典雅端莊的少婦，可是中了病毒的她，已經變成了妖婆鬼怪。

隨著中毒者不斷地向四周撕咬，人群不斷害怕往後推擠，最後，只剩下一個人，勇敢地站在中毒者的面前。

那個人，就是抱著小女孩的神秘老爺爺。

老爺爺面容平靜，凝視看著中毒者，臉上露出一絲憐憫的表情。

「啊！」中毒者大叫一聲，兩手成虎爪，往老爺爺撲去。

「安息吧……」老爺爺搖了搖頭，手伸了出去，無懼於中毒者身上的病毒，用他溫暖的大手覆住了中毒者雙眼。

奇特的是，他的手心彷彿透出溫暖的口光，籠罩住中毒者已經變形扭曲的臉。

然後，中毒者那張醜臉，在他手心底，柔黃色的光線下，慢慢，慢慢地恢復了原本美麗的容顏。

接著，中毒者嘴角溢出一絲安詳的笑容。

微笑著軟倒。

「唉，上帝悲憐……」老爺爺淡淡嘆了一口氣，輕聲低語：「請原諒我不能出手降妖除魔，阿門。」

說罷，老爺爺閉上眼睛，替她唸了一段祈禱文。

可是他的祈禱文才唸到一半，坐在老爺爺肩膀的女孩，突然放聲大哭起來。

「怎麼？小女孩？」老爺爺眉頭一皺，追問。

「是媽媽，那是媽媽，哇～～～那是媽媽！！！」

「啊……」老爺爺微微震驚，然後沉默了。

他靜靜地凝視著放聲大哭的小女孩，哭聲淒厲，讓人禁不住鼻酸。

老爺爺原本慈悲又無奈的表情，隨著小女孩的哭聲，竟然也慢慢的改變了。

取而代之的，是充滿堅毅和果敢的武士容顏，老爺爺吸了一口氣，彷彿做了一個重大無比的決定。

然後，老爺爺蹲下來，將小女孩放下，然後輕輕摸了摸她的頭。

「小女孩乖，爺爺答應妳。」他柔聲說：「幫妳把搗蛋的壞人抓出來，好不好？」

小女孩用雙手揉著哭紅的雙眼，點了點頭。

老爺爺緩緩起身，朗聲說：「有人願意幫我照顧這個小女孩嗎？」

「有。」人群中一個年輕人順手接過了小女孩，微笑。「老爺爺，她交給我就行了！」

「嗯，果然還是有好人的。」老爺爺對年輕人微一頷首，「麻煩你照顧，我要走了。」

「爺爺，你要走了？你要走了？」小女孩看到，又依依不捨的哭了起來。

「嗯。爺爺去打壞人了。」老爺爺摸著小女孩的頭，然後抬頭對年輕人一笑。「年輕人貴姓，將來有機會，讓我報答你這個恩惠。」

「嘿，我叫萊恩。」年輕人一笑，「不用報答我，老爺爺，就讓你的太陽之劍，狠狠地蕩除群魔吧！」

「喔，你……」老爺爺露出一絲訝異的神情，看著眼前的年輕人。「呵呵，看樣子，默默守護這台列車的人，不只我一個，好！我放心了！」

老爺爺他手一握繫在腰間的長劍，昂然往三號和四號的門走去。

彷彿一種感應，他可以感覺到，最強的敵人，現在正在八號車廂！

整台列車也只有這個敵人，夠資格讓他的太陽之劍出鞘。

第二十一話《恐懼的源頭》

列車登場人物之十

惡靈小丑

惡靈小丑的傳說，源自美國的一部恐怖電影「It」（中譯：惡靈魔咒），裡頭敘述有隻可惡的小丑，潛藏在一間國小作惡，最後被一群小孩子打敗的故事。

但是惡靈小丑也在一篇網路小說「小丑」中，扮演著相當讓顧人怨的角色，在這個故事裡，小丑藉著抽鬼這個遊戲，縱橫高中宿舍，最後終於被收服。

所有的故事都指向同一個事實，那就是，最後拿到小丑的人，就是輸家。

九號，棒球人的車廂。

少年H和狼人一前一後，肩抵著肩，背靠著背，互相扶持，一路打過由肌肉棒子組成的九號棒球車廂。

那些健康熱血的棒球選手們，手中的球棒在混亂中來回揮舞，除了不小心打暴自己同伴的頭外，始終奈何不了，這兩位體術和法術的高手，狼人T和少年H。

只聽到狼人T和少年H兩人，一邊打一邊前進，嘴裡還沒閒著。

「少年H啊，你剛才用的是什麼魔法？為什麼貓女最後會突然不動了呢？」狼人嘴裡說著話，狼爪一伸，搶過一個棒球選手的棒子，放在自己嘴巴咬下，堅硬鋁棍頓時變成一條彎曲的棒棒糖，嚇得那位棒球選手一屁股跌在地上。

「那叫做『點穴』，點穴是中國武俠的好朋友。」少年手上的符紙飛出，正中一名棒球選手的額頭，那名選手全身著火，轟一聲撞上車窗，只差沒有整個人飛出高速行駛的地獄列車。

這台地獄列車的周圍，被下了極為強大而且嚴格的禁制咒，除非地獄列車進入人間，直曬到溫暖的日光，不然這層層相扣的禁制咒，是不會解除的。

換句話說，只有陽光能解開這由地獄政府所佈下的終極結界。

這也就是為什麼眾多發狂的鬼怪，雖然發狂肆虐，卻只在列車中搗亂，沒有衝出去的真正原因，可是這禁咒，獨怕陽光，所以列車一旦沒進入黃泉之門，直曬到太陽，後果真是不堪設想。

「喔？你的意思是……貓女中了『點穴』，其實沒死？只是不能動了。」

狼人T一邊說著，右手輕鬆挑起一個全身肌肉的棒球選手，順勢砸在車窗上，車窗的禁咒在巨大撞擊下，瞬間啟動，發出一陣眩目的藍色電光，電光過後，這位棒球選手體冒白煙，全身焦黑，落在地板上。

「呵呵，我就是故意讓她不死啊，你不是說她會不斷重生嗎？如果她一直復活，這樣要打到民國幾年啊？我們可是在趕時間！」

少年H面露微笑，右手畫出一個完美的圓形，這圓形勁道一轉，將一名棒球選手手上的棒子引開，直打到自己同伴的腦袋上，蹦！那個被擊中的棒球選手抖了兩下，暈死過去。

「中國武術，真是神奇。」狼人T兩手個抓一個頭，用力一撞，又幹掉兩個棒球選手。「那她多久之後能夠活動呢？」

「中了點穴喔，她大概一個小時不能動彈，不過……」少年H回答。

「不過怎麼樣？」

「可能是我多心，我覺得……貓女，似乎沒有盡全力……」

兩人一邊說話，一邊已經到了九號車廂的盡頭，眼前就是八號車廂了。

「走！」兩人同聲大喝，狼人T腳一蹬，粗魯地把九號與八號中間的車門一腳踹開。

然後兩個人一起跳入了九號和八號車廂的接駁處。

他們背後發狂的棒球選手們，同時發出狂吼，球棒高舉，卻沒有人追過來。

「咦？為什麼棒球選手沒有人追過來？」少年H看了看自己的背後，轉頭問狼人T

道。

「對啊，而且從剛開始到現在，棒球選手這麼粗暴的傢伙，竟然都乖乖待在自己的車廂？不往其他車廂推進……這好像也不太合理啊！」狼人T沈思道。

「嗯，我剛也想，之前的十號車廂，那群嗜血的野獸們，也沒有繼續推進的跡象，這是為什麼？」少年H說：「好像一切狂暴都在八號車廂前面停住了。」

「真的嗎？八號車廂……到底有什麼？」狼人T疑惑地說。

想到這裡，少年H和狼人T兩人互望了一眼，慢慢地，打開了八號車廂的門。

車廂裡頭的情況，立刻讓他們倒吸了一口涼氣。

一號車廂。

惡靈小丑剛剛引發一場小型爆炸，煙霧尚未散去，突然，他在混濁的濃煙中，看見了一樣東西。

一把銳利的長槍，夾著滾滾的白煙，雷霆萬鈞鑽了出來。

看到長槍的瞬間，小丑竟然全身痲痹，不能動彈！

因為這長槍的來勢，無論是速度、角度和方位，甚至是利用濃煙隱藏的時機，都完美的無懈可擊。

這個人用槍的技術，已經到了完美無缺的境界！

而這一槍，眨眼間已經逼近了小丑的喉嚨。

「啊！」小丑死命尖叫一聲，慌亂間，將手中所有可以丟出去的武器全都扔了過去。

轟爆！爆！轟！！轟爆！爆！轟！！

爆！爆！爆！轟！

爆爆爆！

轟！爆！爆！

轟！爆！轟！

爆爆！

爆！爆！爆！轟！

爆爆爆爆！

轟！爆！爆！

轟！爆！轟！轟！

轟爆！爆！轟！！

爆！爆！爆！轟！

爆爆爆爆！爆爆！爆爆！

轟！爆！爆！

轟！爆！轟！

如果有人從一號車廂外頭看進去，他就會發現，這裡就像七月四日的國慶煙火施放場所，紅的、藍的、綠的、紫的各種顏色的煙火，夾著濃煙到處亂竄，將車廂照耀得一片明亮。

但是，無論小丑丟出多少爆炸球，做出多少阻止的動作，卻沒有阻止這把長槍分毫。

長槍依舊往前進。

小丑滿頭大汗，不斷地扔出手中的爆炸球，轟隆隆的巨響，震撼了整節車廂，其他的乘客根本還沒搞清楚怎麼回事，就被炸得粉碎！

可是，長槍卻還在前進。

「可惡啊！」小丑大叫一聲，退到了車廂的最後，然後他身體突然膨脹起來，然後砰一聲炸開，這一次，連他自己都引爆了！

而長槍終於被這最後的巨爆所阻擾，停下了。

停在距離小丑咽喉一公分的地方。

槍尖，剛好接住，從小丑下巴所滴下的汗水。

只見汗水沿著長槍流下，將長槍上精細又古老的龍紋，綴飾得閃閃發光。

「你挺不錯的啊！小丑！」白煙淡去，握住長槍的幽靈騎士緩緩現身，冷笑。「竟能阻止我這把龍紋長槍。」

「沒……沒想到你這麼厲害，幽靈騎士！」小丑整個人被頂在車廂牆壁上，呼呼喘氣。

「好說好說，是我太幸運了，撿到你這個肉腳來對付。」幽靈騎士笑。

「是嗎？肉腳嗎？咯咯咯咯……呵呵呵呵……」只見小丑的眼睛慢慢由紅轉藍，發出詭異的笑聲。「你以為我惡靈小丑為什麼能在地獄混出名氣？」

「因為你很會玩抽鬼？」幽靈騎士鼻子輕輕一哼，「據說你最大的事蹟就是去高中宿舍，跟人家搞六人抽鬼牌的遊戲？還被某個叫做萊恩的年輕人給打了回來？」

「錯了！錯了！錯了！」小丑猛搖頭，「我最厲害的地方，是我能夠呈現人們內心最恐懼的事物……咯咯咯咯……讓我來欣賞一下你恐懼的源頭吧，偉大的幽靈騎士。」

「什麼？我恐懼的源頭？」幽靈騎士一陣錯愕，心中泛起不祥的預感。

他決定不再拖延，右手的長槍前挺，眼看長槍就要穿過小丑的咽喉，將他直接釘死在牆壁上。

可是，這一瞬間，幽靈騎士的長槍竟然停住了，剛才威猛無敵的長槍竟然停住了！

更讓人訝異的是，幽靈騎士竟然……退了一步。

對幽靈騎士這樣英勇的騎士來說，退後一步不只是一步而已，而是整個自尊的潰散，必然是碰見了超乎想像的事物。

到底是什麼東西？能讓偉人的騎士退後！不是恐怖的火龍，也不是殺人如麻的魔鬼，甚至不是千軍萬馬的敵軍。

是一個人。

一個恐怕是人類歷史上，最英勇強悍的武士。

「蘭、斯、洛！」

幽靈騎士咬牙切齒，失聲喊出了這麼一個名字。

「哈哈哈！驚喜驚喜啊！蘭斯洛！原來你心中恐懼的源頭是他啊！」幽靈騎士的耳中，飄來小丑不陰不陽的笑聲。「如果我沒記錯的話，獵鬼小組的成員，都是因為夙願沒有完成，才會答應地獄成為小組一員。」

「幽靈騎士，沒想到你的夙願竟然就是鼎鼎大名的湖上武士——蘭斯洛！」小丑怪笑著。「你們不是同屬於亞瑟王的圓桌武士嗎？嘿嘿，怎麼會這麼不合呢？真有趣！真是有趣啊！」

「難得我惡靈小丑做好事，這次就幫你實現這個願望，讓你和蘭斯洛，好好的打一場吧！」

第二十二話《最強武士蘭斯洛》

地獄列車登場人物十一

蘭斯洛

蘭斯洛來自亞瑟王傳說，他來自神秘的湖中王國，故稱湖中武士。

二十八位圓桌武士的首席，他當之無愧，他英俊無比的外表和天下無敵的劍術同樣揚名於古今中外。

坊間圓桌武士小說中，對此人的著墨不少，僅次於主角亞瑟王，可是此人爭議也不小，因為他雖然英勇無敵，卻與王后有著讓人臆測的愛慕關係。

後來亞瑟王因懷疑王后有染，因而監禁她時，蘭斯洛更是「義不容辭」，揮兵攻打自己曾經發誓效忠的國王。

與亞瑟王交戰的過程中，蘭斯洛的雙手，更是染滿了他昔日同袍們的鮮血，忠勇著稱的圓桌武士葛溫，就是死在蘭斯落的手中。

葛溫的弟弟，亦是圓桌武士的雷，更是在手無寸鐵的情況下，被全副武裝的蘭斯洛提劍所殺。

一號車廂。

只見幽靈騎士不斷地吸氣，吐氣，

吸氣，吐氣。

吸氣，吐氣。

每一下吸吐空氣，都緩和了此刻從他心中升起的，那劇烈心跳和澎湃情緒。

全部的情緒，都是因為他眼前這個男人。

這個被小丑從地獄中召喚而來的男人，他身著銀藍色的鎧甲，身形巨大優美，腰間繫著一把淬藍色的銀劍，有如高雅偉大的王者。

加上一頭金髮瀟灑落在雙肩上，藍眼高鼻，溫和帥氣的微笑。不是圓桌武士之首，湖中武士「蘭斯洛」是誰？

「六百年？七百年？」幽靈騎士習慣握劍的穩定雙手，竟然不自覺地顫抖著。

「蘭斯洛啊，你都不知道我等此刻，等了多久？」

「啊，我以為是誰……敢把我從地獄的深眠中喚醒？」蘭斯洛美麗的臉孔，露出一個吸引人的笑容。

「哈，我認得這把龍型長槍，你是雷？」

「是啊，雷……沒錯，當年我的確叫做雷。」

幽靈騎士邊說邊笑了起來，用手細細撫過他手中的古銅色長槍，好像在撫弄愛人的肌膚。

奇異的是，他長槍上的龍紋，被他的手指滑過，竟然透出一絲亮光，就像在呼應主人的情感。

「我是特地來帶你進入地獄最深處的。蘭斯洛。」

「六百多年了啊？」蘭斯洛俊俏的表情冰冷，「你是葛溫的弟弟嘛。當年圓桌武士中的小弟弟雷，怎麼會變得如此自大？呵呵，是否需要我的湖中之劍來指導一下？」

「不要叫我雷。」幽靈騎士把長槍往前指，剛才差點狙殺小丑的長槍閃過一絲怒光。「你殺了我兄弟！還背叛你曾經效忠的亞瑟王！甚至，你還卑鄙無恥！刺殺手無寸鐵的我！」

「喔，你說那些事嗎？」蘭斯洛英俊的表情沒有一絲愧疚。「你哥哥葛溫嗎？那個愚忠的傢伙嗎？那場決鬥我們打了三天三夜，可惜他被他的忠誠和憤怒沖昏了頭，終於擋不住我手中的劍。」

「惡靈小丑啊！」幽靈騎士笑了，「其實我是真的感謝你，因為我已經找這個混蛋傢伙，整整六百年了！」

「六百年了啊！」

瞬間，沒有絲毫預警的，兩道銀光在空氣中交錯畫過。

兩人的武器同時出手。

隨即，空氣中濺出了幾滴鮮血。

地點，二號車廂。

J手中的弓箭不斷往前彈射，帶有靈力的神箭，竟然只能稍微阻擋眼前如潮水般一波又一波的敵軍攻勢。

酷刑軍團實在兇狠，各式各樣的武器又怪異又刁鑽，所謂的「以怪破強」，J雖然箭無虛發，卻沒有造成太大的效果。

由吊死查理王變成的吊刑人，則躲在酷刑軍團的最後面，好整以暇，哈哈大笑。

「J，你和阿努比斯相同，都是用靈力化成弓箭，我看你還能射出多少箭！」吊刑人大笑。「論每節車廂的王者，我吊刑人絕對排不上前三名，可是，我的酷刑人軍團，絕對擁有最強戰力的終極武器……」

J冷汗直流，他手中的羽箭，雖然都受過聖水加持，射中敵人的瞬間，可以發出聖光爆炸，將敵人完全粉碎。

可是，他只覺得眼前這些被奇異酷刑殺死的戰士們，一個比一個強悍，而且進退有度，懂得互相掩護，就好像是一個能征善戰的軍隊，要不是他扼守住要道，加上阿努比斯在一旁協助，只是一轉眼，他就會命喪這台列車之上！

也難怪執掌地獄列車數百年的冥河之神——阿努比斯，遇到了酷刑人軍團，也只能苦苦支撐。

而且這些酷刑人中，有些雖然J認不出來，但是光看氣度和力量，就知道他們在人間不是稱霸一方的國王，就是統領千軍的大將，讓人費解的是，這些人怎麼會都湊在一起，變成酷刑人軍團？

「J啊，你一定是在懷疑，對不對？為什麼這個『酷刑軍團』的強者會這麼多？」吊刑人彷彿看穿了J的心思，冷笑。

「這很容易聯想啊……古往今來，什麼樣的人會受到最嚴酷的刑責？一定是名震一方大將或是君主，或者是窮凶惡極的殺人魔王，才夠資格受酷刑吧！連我都不是裡面最強的一個！他們不過尊敬我為國王，就奉我為老大吧！」

「哼。」J又射出一箭，逼退了一個全身著火的酷刑人。這人死前必定是受了極為嚴酷的火刑，所以靈魂才會帶著這麼濃烈的火焰。

這時候，J突然注意到，在吊刑人的旁邊，站著一位衣著古雅奇特的文人。

這文人面貌斯文，在吊刑人的耳邊嘮嘮絮語，並不時伸出手指頭，對眼前的戰局指指點點。

而吊刑人聽得直點頭，就會對整個酷刑軍團發佈命令，讓原本散亂的酷刑人們，可以像一個攻守俱佳的戰鬥團隊。

J心裡明白，這個奇特的文人，必定是整個酷刑軍隊的司令塔了！如果說吊刑人是軍團的頭部，那這個獻策的文人，一定是腦袋。

所以……這個酷刑人軍團會這麼難搞定，肯定和這人有絕對的關係。

想到這裡，J心裡已經有了主意。

「阿努比斯，掩護我。」J對一旁的車掌低聲說道。

「好。」車掌點頭，右手的靈力集中，幻化成一把獵槍，掃出一排子彈。

J微微點頭，在這一排子彈中順勢挺進，酷刑人軍團還來不及反應，J已經站上了一個極佳的射擊角度。

J搭起了弓，纖細強勁的指尖捏住了箭羽，他的力道用得恰到好處，箭心直比目標，這是他巔峰造極的一箭。

但是，箭頭卻不是指著吊刑人，而是指著吊刑人身旁，那個奇異莫測的文人。

「文人軍師。」J兩撇小鬍子上揚，一個帥氣的微笑。

「抱歉，請你退場吧！」

繃！弓弦顫動，羽箭有如急電，穿過層層的酷刑人，神乎其技的來到了文人的咽喉前方。

「J！你！」吊刑人見狀大吃一驚，急忙站起。

箭穿喉，那文人好像完全不懂戰鬥，連閃避的動作都沒有做出來，就被羽箭命中，仰身翻倒。

「成功了！」J大笑，一收弓，就要退回車掌身邊。

「J……你……我真不知道該欣賞你還是咒罵你？」吊刑人瞪著倒在他身邊的文人，輕聲說道。

「J啊，我不得不承認你的眼光，你的確挑中了酷刑軍團中的主謀者，沒有他，就沒有這樣完美無瑕的酷刑人軍團……只是，我又不得不擔心你……J……」

「擔心我？」J聽到，身軀一震回頭，露出疑惑的表情看著吊刑人。

「J，如果你知道，這人是受到什麼酷刑而死，我相信你不會選擇將他射倒的。」

「他，是怎麼死的？」J也感覺到氣氛不對。

因為原先佔領整個二號車廂，殺氣騰騰的酷刑人，竟然全部安靜下來，還一個接一個退後，每個人都乖乖的靠牆站好，讓出了一條寬敞的道路。

他們讓出了車廂中央的一條寬闊道路，而長廊的兩頭，一頭是J，一頭就剛好是位中箭倒下的文人。

「這個人是中國人。」吊刑人一邊說著，自己也慢慢倒退，顯然也忌憚萬分。「有時候，我很必須佩服中國人酷刑的功力，還有虐殺同胞想像力。」

「吊刑人……你……你在說什麼？」J感到氣氛不對，也退了一步，他發現那個文人的屍體，緩緩顫動了一下。

「這中國人已經死去千年了，當時的中國被分成七個國家，七國混戰不休，直到這人的出現，他當時不但成功改革自己的國家體制，還幫助君主成為統一七國的最大功臣。」

吊刑人說到這裡，停下來嘆了一口氣。

「可是，J你知道嗎？他的下場真慘啊，所謂『狡兔死走狗烹』，他的死法多麼淒慘，他的雙手、雙腳，還有頭被綁上粗大的麻繩，然後繩子的另一頭，就繫在馬的背上。」

「住口！你給我住口！吊刑人！」J再度揚起弓，他手心冒汗，對準那具正在慢慢蠕動的屍體，他感到一陣從背脊湧上來的毛骨悚然。

「然後呢？中國人用鞭子抽那五匹馬，五匹馬就分成五個方向，不斷地往前拖，也將這個人從五個方向不斷拉扯，拉扯……也許是這人的骨骼太強韌，據說拖了整整三天三夜……才把這個國家的大功臣硬生生扯開，分成了五等分。」

五等分！這是……有名的五馬分屍！

轟！！

Ｊ還來不及射出他手中的箭，那個文人屍體內，突然湧出五匹巨大的馬匹，在這狹窄的二號車廂，五匹兇馬互相擠軋，聲勢驚天的往Ｊ衝來。

「記住我的名字！」那文人手、腳，頭都被這五匹巨大的馬拖著，發出血淋淋的怒吼，「我的名字叫做，商鞅！商鞅！」

第二十三話《八號車廂。會合》

地獄列車登場人物十二

幽靈騎士．雷

雷的背景是圓桌武士中最特別的一位，一般來說，圓桌武士都是出生在貴族世家，受到武士的教育，崇尚武德，是高傲和英武的集合體，唯獨雷從小就是在森林原野中長大，他是屬於荒野的圓桌武士。

而且他當上圓桌武士的過程也相當傳奇，在當時，有一位橫行鄉里的紅武士，是一個連普通圓桌武士都不敢輕易招惹的好手。

可是，雷就憑著他家傳的一把龍紋長槍，一路殺敗紅武士的手下，最後一戰，雷憑著他在森林歷練出來的長槍神技，只憑一槍，就將長槍插入紅武士的咽喉。

而當雷進入圓桌武士之後，表現更是十分亮眼，無論是武術或是武德，有時候，連他哥哥葛溫，這位第一代的圓桌武士都不能勝雷。

可是，雷的崛起雖然耀眼，偏偏是死得最不明不白的一位。

雷死於蘭斯洛的長劍之時，雷手中沒有任何武器。

狼人T和少年H推開八號車廂的門。

只見兩人同時露出詫異的神色，他們先是互看了一眼，然後不約而同退出車門外，少年H更為勤勞，還順手把門帶上。

「嗯……狼人T，你……覺得他們在做什麼？」少年H支支吾吾地說。

「吸血鬼女躺在德古拉伯爵懷中，然後伯爵低著頭，把嘴唇放在吸血鬼女的嘴唇上，單以形式來說，我想……」狼人T說：「他們是在交換口中的唾液……」

「事實上呢？」

「我想他們是在『接吻』，少年。」狼人抓了抓他凌亂的頭髮，尷尬的笑著：「吸血鬼女果然厲害，這樣也算是征服了她的祖先……」

「還有，你覺得現在開門進去好嗎？」少年H困擾地說：「按照我們中國的習俗，這樣不太禮貌欸。」

「但是，距離黃泉之門關閉，只剩下七分鐘了喔。」狼人T嘆了一口氣。

「所以，」少年點頭。「還是得硬闖！」

「是的！」狼人T深了一口氣，「我們當個電燈泡，親愛的吸血鬼女，千萬別討厭我們啊！」

「走吧！」

「走吧！」

一號車廂。

大名鼎鼎的「湖中武士」蘭斯洛露出了難得凝重的表情。

無論是在人間、陰界，蘭斯洛手中的這把水藍長劍，都未曾一敗，堪稱無敵劍手。

因為蘭斯洛不只擁有高人一等的劍術，還有看穿敵人斤兩的眼力。

而在他眼前，這位殺氣騰騰的雷，手中的龍紋長槍，加上周身散發的怒氣，竟然讓蘭斯洛的心跳不安地跳動著。

這到底是一個人？還是一頭猛獸？

「抱歉！抱歉！」狼人T推開門，手搔著後腦勺，滿臉堆著歉疚的笑容。「我們只是路過。」

「借光！借光！」少年H則滿臉通紅地跟在狼人T身後，低頭地走著。

伯爵德古拉抬頭看了他們一眼，卻什麼都沒說，任憑兩人走過一前一後慢慢離開。

就在兩人快到八號車廂盡頭時，突然，少年H拉了拉狼人T的衣服。

「幹嘛？」狼人問。

「嗯，有件事我不太懂……」少年H問。

「什麼事？」

「為什麼你們外國人接吻會喜歡吻脖子？」

「脖子？」

「對啊，而且你看，連血都吻出來了。」

「嗯，我們現代人有一種親吻，叫做『種草莓』。」狼人T停下腳步，沒有回頭，沉吟道。

「但是，如果是吸血種族，他們所謂的『種草莓』……恐怕是……」

「吸血？」

狼人T的背後接口了，只是這個聲音卻略顯蒼老。

「答對了！」狼人T拍了一下手掌。「少年H，你果然聰明！是吸血沒錯！」

「謝謝。」蒼老的聲音又接口。

「咦？」狼人T一呆，「少年，剛才是你回答的嗎，為什麼聲音聽起來至這麼……老？」

「不是。」

「不是？那你是誰？」狼人T一聽，驚嚇轉頭，他看見眼前的畫面，臉色登時大變。

他的眼前，吸血伯爵德古拉正對他露出親切的笑容，而伯爵的右手，正提著少年H的領子。

被拎在空中的少年H，露出苦笑。

「狼人兄弟，這人好厲害……我被抓住了怎麼辦？」

第二十四話《曙光》

八號車廂，狼人T身材魁梧，有如一座巨塔，正昂然立在吸血伯爵德古拉的面前，可是，他映照在地上的影子，卻微微地顫抖著……

狼人T的左腹，在十分鐘前，才被貓女銳利無比的爪子劃開，將裡頭的內臟一陣翻攪，後來，他又與少年H硬闖過充滿著暴力的棒球車廂。

要不是因為牠屬於復原力極強的狼族，狼人T又是狼族中數一數二的佼佼者，此刻的牠，早就應該倒在骯髒染血的十號車廂，成為一攤肥屍。

但是，牠沒有，沒有倒下，戰意向來強橫的牠，退縮與恐懼這幾個字，是不會在牠的字典中出現的，可是，此時此刻，牠面對著眼前這名舉止優雅，纖細瘦弱的年老男子，卻忍不住身體不斷地發抖。

發抖，並不是害怕。

而狼人T擁有的野獸血液在告訴牠，一位不可觸怒的死神，正摩挲他的鐮刀，站在狼人T的面前。

「狼人T，我聽過你。」德古拉微笑著，「三百年前你大鬧倫敦，還萬里追兇，當真是一匹月下孤狼，關於你的傳說，相當得多啊！」

狼人T沒有回應，但是一雙野性的瞳孔，卻微微地收縮著。

牠分不清德古拉的每一個舉動，每一句話語，是挑釁？還是要發動攻擊的徵兆？擁有野獸強大直覺的牠，第一次完全感受不到眼前這人的深淺。

所謂的完美和無敵，就是這種境界嗎？

難怪剛才可以大敗貓女的少年H，這一次，連出手的機會都沒有，就被這個老頭抓住。

也難怪在獵鬼小組中，實力排行第一的吸血鬼女，現在正躺在地上，是死是活都搞不清楚。

因為他們都惹到了一個最不該惹的男人，吸血伯爵德古拉。

「啊，你在發抖？」德古拉微微笑著。「其實你不用害怕，我不會殺你們的。」

「哼。」狼人T迅速瞄了一眼躺在地上的吸血鬼女，又迅速瞪回德古拉。

「你說這個吸血小女孩？」德古拉一笑，「我不是對她出手，嗯，該怎麼說呢？她是吸血鬼族中難得一見的人才，所以我才破例教她幾手，而且你們也許不了解『吸血』這件事，對吸血鬼的意義。『吸血』不只是覓食，還有『盟約』的深層意涵。」

「……」狼人T沒有回應，只是皺起了眉頭。

「這樣吧，為了顯示我的誠意。」德古拉右手一鬆，少年H安然落地。

「你們走吧！」

「啊！」少年H和狼人T同時發出詫異的呼叫，顯然不明白德古拉的意圖。

「我說你們可以走了。」德古拉笑了，宛如一個慈祥的長輩。「你們要帶走吸血鬼女也可以，可是我奉勸你們現在最好不要動她。她現在正處於非常關鍵的時期。因為她接受了我的血液，我的血液是非常純粹的，猶如一個強大而古老的『盟約』，她要完全『消化』，可能還需要一段很長的時間吧！」

「古老的盟約？血液？消化？」狼人T和少年H互望了一眼，顯得又是迷惑又是緊張。

「快走喔。年輕人，你們只剩下七分鐘不到了。」德古拉依舊面帶微笑，顯得輕鬆自在。

然後德古拉慢慢地坐回他的座位，雙膝交疊，十根指頭在膝上交叉，一派優雅的模樣。

「那你……不打算阻攔我們，可是……」少年H轉身離去之前，忍不住問了一個問題。「你不是也中了『暴亂』病毒嗎？」

「呵呵，你說那個木乃伊的病毒啊？」德古拉搖了搖頭：「對我來說，用來當提神劑差不多吧，想要控制我？大概要撒旦親自出手了。」

「原來是這樣……」少年H微微頷首，然後他雙腳併齊，雙手合十，對德古拉伯爵微一欠身。

「這個姿勢是？」德古拉看著少年H，露出好奇的表情。

「這是我們中國人用來表示『對高手的敬意』的意思。」少年H說：「我想您當之無愧。」

「呵呵，謝謝。」德古拉一笑，「快走吧，一位老朋友馬上要過來了。」

「老朋友？」狼人T剛說完，牠就看到這位德古拉口中的『老朋友』。

一個穿著斗篷的老人，慢慢從七號車廂的方向走來。

與狼人T兩人擦身而過之際，老者還不忘對他們微微點頭。

看著老人往德古拉的方向走去，狼人T的鼻子動了動，隨即露出極為吃驚的神情，「少年，你感覺到了嗎？這個老人……這個老人……」

「我知道，我也感覺到了……」少年H聲音有點顫抖，裡面是藏不住的興奮。

「他的力量非常非常的強，而且，似乎不在德古拉伯爵之下。」

「啊！今天的地獄列車是怎麼了？」狼人T一邊往前跑去，一邊搖頭苦笑。「在地獄裡頭，這兩人都是十八層層主實力級的高手，竟然同時出現在列車上？」

「狼人T，你知道嗎？我好想留下來。」少年H一臉心癢難搔的模樣。

「我也是啊！」奔跑中，狼人T嘆了一口氣。「我也想知道，這兩人，到底是誰比較強？」

「是啊，當無敵碰到了最強，到底誰會獲勝？」

這裡是二號車廂，酷刑人肆虐的車廂。

J知道，他正面臨著他加入獵鬼小組以來，最艱險的一次任務。

這位商鞅死前受到了「五馬分屍」的酷刑，所以身體被五匹馬拖入地獄，一直到死了上千年，這份怨念都沒有散去，這只表示一件事，眼前這個鬼，力量之強，恐怕是極為罕見的。

「啊啊啊啊！」J手中的長箭，如砲彈般一箭接著一箭射了出去！

將帶頭衝來的幽靈馬匹射成了蜂窩，砰然倒地。

可是，J笑不出來，因為射倒了一匹，還有四匹。

「J！趴下！」阿努比斯大吼，手中獵槍槍管從一變二，再從二變四，四變八，八變十六，然後轟然一聲，十六發子彈，咆哮往幽靈馬匹飆去。

砰！再倒一匹！

還有三匹。

「還有三匹！」從阿努比斯獵槍射出的子彈，已經如滂沱大雨，在轟隆的彈殼噴射聲中，火花亂竄。

可是，幽靈馬匹實在太過強橫，這樣綿綿不絕的攻勢，只倒了一匹！兩匹。

最後的兩匹，已經如兩隻恐怖的黑色巨獸，來到了J和阿努比斯的面前，也帶來了罕見的死亡氣息。

在後頭放聲大哭的商鞅，不斷哭泣著，「我不甘心啊！我不甘心啊！」

「阿努比斯！退後！」這時候，J突然把阿努比斯往後一拉，用身體擋在他的前面。

「不可以！」阿努比斯大驚，「你不是要退休了嗎？」

「他媽的傳說果然靈驗，獵鬼小組最後的一次任務，一定難得嚇人，但是……」J怒道：「我看起來像是會怕的人嗎？」

「J……」

「退開！」J大吼一聲，雙手上撐，竟然抓住了兩匹狂怒的馬脖子，怒馬鼻子噴出濃烈的氣息，卻不得前進分毫。

「阿努比斯！快走！」J滿臉的青筋。「快去車頭把黃泉之門打開！時間剩下五分鐘了！」

「J，我答應你！」阿努比斯將手中那挺沉重的步槍甩上肩膀。「我一定會把黃泉之門打開！」

第二十五話《日本鬼》

列車登場人物十三

陰陽師安倍晴明

安倍晴明是日本平安時代有名的陰陽師，所謂的陰陽師有操鬼神，降群魔的能力，在那個百鬼夜行的日本黑暗時期，是有如明燈一般的人物。

而當時諸多的陰陽師，以安倍晴明最為有名，據說他的母親是九尾狐，故他天生異象，溫柔瀟灑，比女孩還要美豔幾分。

而他有一個至交好友名叫源博雅，擅長笛，雖然沒有靈力，卻因為直率勇敢的個性讓人喜愛，他與安倍晴明一同創造了這個日本時代的陰陽師傳奇。

當然，他們兩個連所謂的ＢＬ傳奇，都一起創造了。

註：ＢＬ=Boy's love，指的是男同志之戀，在安倍晴明的故事中，ＢＬ的情節是後來穿鑿附會的。

七號車廂。日本鬼的車廂。

少年H和狼人T終於來到了七號車廂的門口。

在打開七號門之前，兩人互看了一眼，在對方眼中他們都找到一抹驕傲的笑意。

從剛才經歷了十號車廂的野獸混戰，面對暗殺高手貓女，以及九號車廂的棒球亂棍，八號車廂的超級強者德古拉伯爵……他們竟然一路闖了過來！

雖然他們現在滿身血污，頭髮凌亂，衣衫破裂，可是他們忍不住大笑起來。

因為這次任務，可真是百年來獵鬼小組最刺激的一次任務。

剛推開七號車廂的車門，少年H就嘎然止步。

他轉頭看著車門邊的廁所。

「裡頭有鬼？」狼人T問道。

「有！這鬼專長是躲在廁所裡，等待無辜的人經過廁所時，再像捕蠅草一樣，打開廁門把人吞進去，然後再把無辜者的頭塞入馬桶中，按水沖掉。」

少年H定定的看著那個廁所，似乎沉思著要如何打敗這個廁所鬼。

「那我們該怎麼辦？」

「有辦法了！」少年H伸手入懷，掏出一張空白符咒，咬破左手食指，龍飛鳳舞的寫下幾個字。「把符貼在這廁所門就成了。」

狼人T疑惑的看著上頭的中國字，搖了搖頭。

「少年，我看不懂。」

「呵呵。」啪一聲！少年H用力把符咒拍上廁所的鐵門，隨即，門裡頭傳來幾聲低哭，鐵門竟然劇烈顫動起來。

「啊！」狼人問：「你寫了什麼？」

「『內有惡犬，禁止進入。』。」少年H微笑，拉著狼人T的手就要往前跑。

「這是什麼意思？」

「就是說，等一下裡頭如果有人在尖叫，那是自食其果。」

「啊～～～～～～～～～啊～～～～～～～～～」

剛說完，狼人T突然聽到背後的廁所門猛烈顫動起來，一聲急過一聲的尖叫不斷傳來。

尖叫中，還夾著殺氣騰騰的狗吠。

「啊～～～那個混蛋！！是哪個混蛋把狗放進來～～～～」

汪！汪！汪！汪！

「門！誰！誰把門鎖上了！！救命啊～～～～～啊～～～～～」

汪！汪！汪！汪！汪！

「我必須說……中國道術真是神奇的東西！」狼人才稱讚到一半，他們眼前突然跳出一台古老的電視機，橫亙在車廂的路中央。

「啊！這是什麼？」狼人T被少年H手一拉，猛然停住。

只見，電視咻一聲自動打開。

畫面上，出現一幅滄桑的古井。

「古井？又來一個找死的傢伙了。」少年H微笑起來。

一號車廂，幽靈騎士雷和蘭斯洛兩人，分別展現了他們稱霸中古歐洲皇室，和歐洲荒野的劍術。

蘭斯洛的劍，走的是皇家獨有的霸者之劍，劍鋒大開大闔，光明磊落，一招一式都是理路分明，偏偏又無懈可擊。

尤其是蘭斯洛身形端穩，右手持劍揮灑，左手負在身後，趨前退後，隱然有度，自成一股不怒自威的氣勢。

反觀幽靈騎士雷的長槍攻擊，脫胎自森林野獸的奔騰跳躍，所以舉手投足，無處不是虛招，無處不是陷阱，動作又快又狠，卻又虛實混雜，讓人難以捉摸。

兩人一來一往，劍光槍影，交換了上百招，竟然誰也討不到誰的便宜。

雷的這把龍紋長槍的槍形較一般的長槍略短，在雷的掌心變化莫測，更是脫離了亙古以來，人們對長槍的攻擊概念，只能在長距離取得優勢。

在雷的手中，這把龍紋長槍有如他手臂的延伸，進可攻退可守，將蘭斯洛號稱無敵的長劍，硬是區隔在他周身一尺之外。

但是蘭斯洛畢竟是老江湖，面對如此刁鑽詭異的龍紋長槍，他一點都不慌亂，只是謹守著運劍的基本法則，「先靜而動」，而且他的淬藍長劍在經過他無數歲月的歷練之後，也幾乎成為他身體的一部份，一手劍舞使得是出神入化，完全不遜於雷的龍紋長槍。

蘭斯洛的長劍攻守兼顧，進退自如，而且重要的是他劍法雖然講究的是防守，但是一旦出現攻擊的機會，下手是既狠又辣，務求一擊必殺。

車廂中，兩人一槍一劍，一個是穩中求變，一個是變中求穩，各走偏鋒，竟然不多不少，拉成了平局之面。

「哼哼。」雷低哼兩聲。

他不斷在蘭斯洛眼前跳躍攻擊，力求突襲成功，可是，他卻漸漸出現了焦躁的情緒，因為他知道，列車抵達黃泉之門的時間有限。

　　而他與蘭斯洛功力悉敵，這樣打下去，恐怕就步入當年哥哥葛溫和蘭斯洛的打法，三天三夜之後，才能看出結果，那就來不及了。

「雷，你焦躁了喔……」蘭斯洛微笑。

所謂的劍通心，在如此的登峰造極的劍術對決更為明顯，蘭斯洛感覺到敵人的招數浮動起來，忍不住出言諷刺。

「不用你管！」雷怒道。

雷急怒，右手龍紋長槍，閃電霹靂般刺出三槍，卻被蘭斯洛用劍輕鬆擋過。

「怎麼不用我管？我是為你好……因為你跟你哥哥葛溫，是一個樣啊！」

蘭斯洛嘴裡說話，手中的劍起落攻防，卻絲毫不見遲滯。

「蘭斯洛！你還有臉提起我哥哥葛溫！」

蘭斯洛好整以暇，笑道：「當然有！當年你哥加入圓桌時間比我早，而且我們同為圓桌中數一數二的強劍手，自然相熟。」

「哼。」雷牙齒緊咬，一個旋身，險險避過蘭斯洛的劍，劃破了背後的衣服，雷心中一驚，捏了一把冷汗。

　　蘭斯洛嘴裡繼續說著：「說起葛溫，當年我與他最後一戰，可真是不得了，他擅長使用雙劍，一大一小，他手中的巨劍，舞動起來可真是驚天動地啊！另一手的短刃，靈活刁鑽，大小雙劍相輔相成，實力之強，完全不在我之下。」

雷聽到蘭斯洛嘮嘮叨叨的敘說著他與葛溫的最後決戰，想起哥哥葛溫就是命喪他眼前這把藍劍之下，不由得又急又怒，攻擊的力道更是加重了幾分。

雷的力道增強，使得蘭斯洛的長劍與雷的長槍一碰，長劍竟然往後盪開，蘭斯洛不驚反喜，嘴角溢出一絲冷笑。

「對啦，雷，呵呵，我想起了，那時候我和葛溫也是這樣打得不分勝負……」

「住……口……」雷怒道，可是他的長槍擋得住蘭斯洛的劍，卻封不了他的口。

蘭斯洛說：「葛溫的雙劍實在太厲害了啊，我們鬥了三天三夜，始終分不出勝負……可是最後，你猜怎麼著？」

「蘭斯洛，吼！！」雷吼道：「你給我住口！住口啊！」

「對對，我想起來了！」蘭斯洛臉上閃過一絲邪笑：「就是這樣，我開始跟他說些話，說一些親密的話兒。」

「蘭斯洛，你……你……」

「還有，其實這些親密話裡頭，有談到你喔。」蘭斯洛笑道：「我告訴他啊，我如何在混亂中攻入城堡，然後遇見了你……對啊，你那時候是手無寸鐵吧？」

「你！你！你！」雷整張臉由原本的慘白變成通紅，「你這個……這個……」

「呵呵，對！對！葛溫當時跟你一樣，也是這樣的表情啊！」蘭斯洛笑容越來越大，越來越殘酷。

「我還告訴他，我是如何一劍把你整個砍翻，然後先是一劍卸下你的左手，然後再一劍把你的整個人釘在地上。」

「蘭斯洛！你這個人渣。你……竟然是這樣打敗我哥哥的！」

雷手中的長槍發出銀色劇烈的閃光，胡亂刺擊，隨著他的情緒已經接近崩潰，他的槍法已經不成章法。

「還有，不過我殺葛溫和當時殺你，其實是有些不同。」蘭斯洛說。

「啊！！」雷舉起長槍往蘭斯洛削去，蘭斯洛舉劍擋，兩人僵持起來。兩人臉緊貼著臉，不到十公分的距離。

蘭斯洛只看見眼前的雷青筋暴露，牙齦咬出血痕，顯得極為恐怖。

可是他不但不怕，口裡還繼續說著：「呵呵，真像真像，只是有點不同，我不只殺了葛溫……」

接著，蘭斯洛還伸出了長長的舌頭，扮了一個鬼臉。

「我‧還‧把‧他‧的‧兩‧眼‧刨‧了‧出‧來。」

「吼～～～～～～～～～～」

聽到這句話，情緒繃緊到頂點的雷再也忍耐不住，情緒爆發，右手高舉龍紋長槍，不顧一切往蘭斯洛胸膛插落下去。

「你中計了。」蘭斯洛大笑，右手長劍虛引，將勢若瘋虎的長槍，輕鬆卸到一旁。

雷完全失去了冷靜，長槍被引到一旁，他跟著腳步不穩，踉踉蹌蹌的就要摔倒。

就在這一瞬間，雷耳中只聽到蘭斯洛的大笑，然後銀光一閃而過，雷這一隻條握著長槍的右臂，就這樣被蘭斯洛給一劍卸了下來。

血花如噴泉般，從雷的斷臂中噴了出來！

「哈哈，你們兄弟真是一樣笨！」蘭斯洛得理不饒人，姿勢優美的一劍，將雷的左腿畫出一條深可見骨的血口。

血花再噴！雷痛得大吼。

雷仰頭摔倒，滿身染血的他，倒在地上不斷抽動。

蘭斯洛昂然立在雷的面前，淬藍的長劍指著雷的臉，在雙眼附近畫來畫去。

接著，蘭斯洛冷笑：「有件事我忘了說，葛溫死的可值得了！他還幫了我一個大忙，要不是我將他的雙眼寄給亞瑟王，亞瑟王也不會一時衝動，御駕親征，讓我有機會報仇。」

雷手腳不斷地抽動，血已經不是用流的，而是用噴的，濺得滿地都是。

他不斷地蠕動，想躲開蘭斯洛的劍鋒，可是蘭斯洛只是冷笑，那把奪走葛溫性命的長劍，不偏不倚指著雷的雙眼。

「你爬啊，你再爬啊！」蘭斯洛帥氣的臉龐，露出陽光般的爽朗笑容，嘴裡卻說著：「看你還有多少血可以讓你爬……哈哈哈！」

第二十六話《縮地》

地獄列車登場人物十四

一代奇才・商鞅

戰國時期魏人，後來不被魏國所用，投入秦國，擔任秦孝王宰相，位及人臣，任職期間，變法圖強，將秦國推上七國之首，最後秦國能一統天下，商鞅居功爵偉，後世稱「商秧變法」。

商鞅主政的手法，例如「徙木示信」，「天子犯法與庶民同罪」……許多手法深合管理概念，一直到現在，仍深受企業界所愛。

只是商鞅晚節不保，受奸人陷害，他化妝成小兵連夜逃出秦城，卻在客棧被人抓住，抓住的原因，就因為老百姓的一句話，「商君（商鞅）公佈的法令，不得違背。」

商鞅這最後一聲長嘆，更成為流傳千古的經典，他嘆道：「真是作法自斃，作法自斃啊！」

商鞅死前遭受無比的酷刑，「五馬分屍」可以說是中國史上最殘酷的刑罰之一。

一號車廂。

蘭斯洛收起長劍，轉身。

慢慢地走向車廂的另一端。

在蘭斯洛的面前，是這一切的始作俑者，惡靈小丑，正張開雙手歡迎蘭斯洛的勝利。

「喔～蘭斯洛～喔～蘭斯洛～」小丑發出尖細的笑聲，不男不女。「你真是我的英雄～」

「哼。跳樑小丑，住口！」蘭斯洛冷冷地說道：「要不是看在剛才那場戰鬥還算過癮的份上，我連你的頭顱都斬下來。」

「呵呵哈哈～」小丑拍著手笑著，「蘭斯洛火氣真不小啊！」

「閉嘴。」蘭斯洛說道，「事情辦完了，還不趕快送我回去？」

「不行喔，不行喔。」小丑詭異的笑著。「我的當事人對你的怨恨還沒消喔。」

「你說什麼鬼？」蘭斯洛冷笑。「一個死人還會有什麼怨念？」

「嘿嘿，就是鬼啊！就是鬼才有怨念啊！」小丑搖頭晃腦。「而且，這還不是一個普通的死人，他是一個死不瞑目的死人啊！」

「什麼？」蘭斯洛皺起眉頭。

「後面～後面～對面的武士看過來，往你的背後看過去，喔喔喔，你親愛的敵人又站起來了喔。」小丑用他噁心的陰陽腔調，拍著手唱道。

「哼。真的啊？」蘭斯洛轉頭面向雷，嘴角冷笑，「你竟然還不放棄？雷。」

只見二號車廂的另一頭，一個全身染血，已經分不清是人還是鬼的『人』搖搖晃晃地站了起來。

「真是討厭。」蘭斯洛眼中閃過一絲怒色，鏗然一聲，淬藍長劍再度出鞘，「你們兩兄弟都是這樣，老是喜歡不斷地站起來，站起來！」

蘭斯洛手中長劍往前一指，怒道：「煩不煩啊你們！」

雷全身盡是劍傷，連右手都被砍斷，已經不成人形。

而他的左手，則抓著他僅存、也是唯一的戰友，龍紋長槍。

血，不斷地在他身上流下，連他自己都搞不清楚，有多少地方在痛，在流血了。

「讓我給你一個痛快吧！」蘭斯洛高聲道：「你說，接下來要我砍哪？」

「啊～～～～～～～」雷發出聲嘶力竭的狂吼，左手提起龍紋長槍，腳步一跨、不顧一切地往蘭斯洛衝來。

「自己過來送死？」蘭斯洛冷笑，「也好。」

雷不斷地衝著，他手中的龍紋長槍，往前伸得筆直，身體和長槍形成一條線，隨著血花不斷濺開，他有如一條奔騰的血龍，狂縱地在車廂中奔馳。

「來吧！」

蘭斯洛冷笑，握緊手中的劍，他在等，等雷衝過來的瞬間，一劍打歪他的長槍，然後再給他真正致命的一擊。

對蘭斯洛來說，面對一個半死不活的雷，勝利已經是遲早的事情了，可是，就在這個時候……

「咦？」蘭斯洛用力眨了眨眼，他覺得有些不對勁。

這不對勁來自狂奔而來的雷，也來自他那詭異的吼聲……

這節車廂長約二十公尺，一般人奔跑大約二十步，所以蘭斯洛只要能掌握雷的奔跑速度，就可以輕易地估算他衝到自己面前的時間，接著就是把握時間，側身，閃過雷的長槍就可以了。

這樣的估算，基本上是每個人都會的，甚至是五歲小孩，也會閃躲卡車，因為他們可以推測出卡車到他們面前的時間。

但是，蘭斯洛覺得不對勁，這個全身是血，發狂的戰士雷，他無論奔跑的時間、速度都不太對勁。

雷的前進速度，讓蘭斯洛感到無法捉摸。

怎麼回事？蘭斯洛覺得手心冒汗，他覺得眼前的雷，竟然屢次讓他有種「突然消失，瞬間前進」的錯覺。

原本距離他二十公尺的雷，突然消失，再度出現的時候，已經變成十五公尺，然後跑了幾步再度消失……

下次出現，已經是十公尺，更加逼近蘭斯洛了！

握著龍紋長槍的雷，竟然有如鬼魅，明明是最簡單的直線衝刺，卻讓蘭斯洛雙眼要不斷重新調整焦距，不斷地改變自己的估算距離。

蘭斯洛感覺到雷，不斷地消失，跳躍，出現，蘭斯洛比剛才任何一個時刻，都來得恐懼。

到底什麼時刻，雷的長槍會到來？

到底是什麼問題，為什麼雷的速度竟像魔法，讓人無法捉摸？

蘭斯洛的手心，全部都是汗。

「啊～～～～～～～～～」隨著雷的嘶吼。

瞬間。

雷的長槍已經到了蘭斯洛的面前。

「這是怎麼回事？」

蘭斯洛驚吼，連忙舉起右手的劍，使勁往長槍上頭砍去。

可是，蘭斯洛估計錯誤，是的，他估計錯誤龍紋長槍到達的時間。

只是零點一秒的誤差，藍劍只是輕輕擦過了長槍，來不及阻止它的槍鋒。

槍鋒噗的一聲，插入了蘭斯洛的咽喉，爆出絢爛的血花。

一招！雷的一招就敗了蘭斯洛！跟他當年一舉擊殺紅武士，榮登圓桌武士一模一樣。

「你……呃……到底是……怎麼……」蘭斯洛咽喉被穿破，說起話來斷斷續續，還有血泡沫撲斯撲斯的噴著。

重傷的雷，並沒有比蘭斯洛好上多少，他不斷地喘著氣，精疲力竭地說道。「教你一個乖。這叫做『縮地』。」

「我……我不……懂……」蘭斯洛喉嚨的血不斷湧出來，還發出咯咯的怪聲。「為什麼……你有辦法……瞬間消失……」

「呼呼，讓你死得安心一點！」雷冷笑，「關鍵在聲音啊！」

「聲音？」蘭斯洛一聽，呆了一秒，立刻大笑起來，在泉湧的鮮血中，笑聲卻是異常的爽朗。「哈哈哈哈。」

「有什麼好笑？」雷也已經精疲力竭，聲音逐漸衰弱。

「哈哈……哈……你知道……你哥哥臨終前……說了什麼話嗎？」

「什麼話？」

「他說……『蘭斯洛你這個混蛋，有天我老弟雷會從地獄爬起來幹掉你！』。」蘭斯洛的喉嚨受傷，說起葛溫的遺言，竟然一氣呵成，毫無滯殆。

「哈哈，哈哈。」雷也跟著大笑起來。「我老哥這句話說得可真準！」

「嘿……我終於要死了啊……變成鬼還死掉不知道會去哪？」蘭斯洛聲音越來越小，到後來已經細不可聞。

「我也不知道……」雷回答。

「關妮芙（Guinevere）啊，這些年來，我真的好想念妳……好想念……」話沒說完，蘭斯洛腦袋一歪，斷氣。「希望……還可……和妳見一面……」

「關妮芙？」雷一聽，彷彿想到了一個人，低聲長歎。「蘭斯洛啊蘭斯洛，你雖然卑鄙無恥，毫無忠誠道德可言，但是，有兩件事你是很了不起的，一是你的武術，第二個就是……你的愛情。」

關妮芙（Guinevere），就是亞瑟王的王后，當年，蘭斯洛會舉兵反叛亞瑟王，起因就是這位皇后，而擊殺葛溫和雷，也都為此而起。

「蘭斯洛，你了不起！」雷的話也沒來得及說完，滿身傷痕，失血過多的他，砰然倒下，剛好壓住蘭斯洛的屍首。

不動了。

兩個互相痛恨，長達千年的武士，在死時兩屍交疊，一笑泯恩仇。

惡靈小丑站在兩具屍體的面前，吐了吐他的舌頭。

「好招！好招！人類判斷距離的方法有兩種，一種是視覺，一種是聽覺，而雷這招長槍突刺，腳步雖然在直線衝刺，但是卻利用吼聲的忽大忽小，讓蘭斯洛在視覺和聽覺上產生了誤差，因此產生對方消失的錯覺！」

「不過，如果不是像列車這樣狹長的直線，還有助跑距離夠遠，加上雷的速度夠快！這招也沒有辦法發揮這麼神奇的效果。只可惜……」

「你最終還是倒下來啦。哈哈哈！幽靈騎士！」小丑說到這裡，放聲大笑。「最後四分鐘，你們獵鬼小組其他組員，沒半個人能闖到這個一號車廂，看來是全部陣亡啦，我們贏了！YA！」

「誰說我們全部陣亡的？」

突然一個沙啞的聲音，打斷了小丑的笑聲。

一個高挑的黑影，出現在一號車廂的門口。

正是阿努比斯！

他肩上扛著獵槍，滿身血污，衣衫破爛，昂然出現在車廂的門口。

「準備受死吧，惡靈小丑。」

七號車廂。

少年H和狼人的面前，突然蹦出一台電視，擋住了他們前進的路。

然後電視中的畫面黑白線條閃動，隱約浮現出一幕古井的畫面。

古井中，一隻瘦骨如柴的乾手緩緩伸出，抓著井緣的石頭，眼看就要爬出來了。

這好像是某部日本恐怖片的經典場景，叫什麼……七……什麼怪談的……

「少年，這妖怪……」狼人T平常都是明刀明槍的硬幹，面對這樣奇特的日本鬼怪，反而感到束手無策。

「放心，看我的。」少年H微笑。

他從懷中掏出一張符咒，提起硃砂筆，在上頭刷刷刷幾筆，連寫一串長字。

「寫好，貼上去就對了。」

狼人瞇著眼睛，注視著那張符紙，突然發現，這次牠看得懂了。

「這這……這不是那個……嗎？」狼人T訝異地說。

「沒錯！就是那個！」少年H用力將符紙貼在電視畫面上。

只見那電視的畫面突然一陣停格，然後那隻伸出一半的手，停住，沒抓住石頭，碰一聲又掉入井中。

「幹得好欸！」狼人T用力拍了少年H的肩膀。「虧你想得到！」

「還好啦，這已經是全世界通用的咒語啦。」

兩人笑著跳過電視，迅速往七號車廂推進，只見電視上頭一張符紙飄啊飄，上頭幾個鮮紅的大字，

【對不起，本程式發生異常，即將關閉，詳情請洽系統管理員】

然後，電視中古井中，傳來一聲憤怒的咒罵。

「X！又當機了！」

第二十七話《棋盤結界》

地獄列車登場人物十五

木乃伊二十九

木乃伊是源自古埃及對死者肉體的保存方式，因為埃及人深信，亡靈不死，總有一天會再回到肉身復活，所以製作木乃伊等待死者歸來。

因為木乃伊乃是一種介於生於死的特殊文化，擁有一種神秘的氣息，所以關於他的詭異傳聞也時有所聞。

其中最有名的莫過於「雅蔓蕊公主」木乃伊的傳說，傳說中，進到該木乃伊的人都死於非命，甚至造成了當地的巨大天災，最後，甚至有人說鐵達尼的沉船事件是因為載送這個神秘的木乃伊公主，是否為真，已經無法考證了。

不過，考古學家表示，所有詛咒的木乃伊棺木中，都會出現相同的幾個特徵，像是木乃伊躺臥時雙手交叉成的姿勢，並且，棺木上都刻有「擾亂靈魂之安息者不得善終」的話語。

更讓人不解的是，這些詛咒強大的木乃伊附近，無論是被隱藏得多好，都刻著一個奇怪的「符號」，這個符號所有考古學家都無法解釋，甚至無法判斷就是是圖形還是語言，只知道，只要這個符號一出現，就會帶來奪走無數人命的恐怖詛咒—木乃伊詛咒！

距離黃泉之門最後的期限，只剩最後的三分鐘。

地獄列車在鐵軌上瘋狂加速著，轟隆隆的巨響，在地底隧道發出陣陣尖銳的迴音。

可是，在曼哈頓，不，應該說全世界的人們，都沒有發現在這個寧靜的夜晚中，正有一群英雄和一群鬼怪，正為地球上數千萬的生靈，進行一場生死賭注。

這個賭注的籌碼是時間，代價就是地球上無數的生命，而隨著時間不斷流逝以及鬼怪們的頑強抵抗，獵鬼小組們的籌碼已經所剩無幾，只差一步，就要棄子認輸了。

可是，就算時間只剩下最後三分鐘，仍然沒有一個獵鬼小組成員願意放棄，他們深信唯有前進！不斷地前進！才有機會握住最後的希望。

最後三分鐘，黃泉之門，究竟能否來得及開啟呢？

七號日本鬼車廂。

少年H和狼人T跳過了正在咕咚咕咚冒煙的電視。

可是，跑在前頭的少年H一個緊急煞車，手往後一擋，將狼人T用力推開。

「怎麼？」狼人T一呆。

少年H低喝：「狼人T！別動！別再往前走了！」

「啊？」狼人T一陣錯愕，抬頭看看四周。「難道又有鬼怪……」

「有！」少年H苦笑，「而且還挺麻煩的，因為我已經踏進他的『結界』裡頭了，慘了慘了。」

「結界？」狼人T不解。

這時，遠方傳來一個柔美的男子嗓音。

「呵呵，有請尊駕留步囉。」

隨著聲音的傳來，七號車廂的最前頭，出現了一個身影，這身影手持羅扇，動作輕盈優雅，給人一種說不上來的美感。

「我的結界佈的如此巧妙，你一踏入就能發現？」那人淡淡的微笑，搖著紙扇，輕聲細語地說道。「想必也是一位高手吧？」

「不，我不是高手。」少年H嘆了一口氣，盤腿坐下。「地獄列車的車廂乃是層層符咒保護的地方，你能這種地方張出一張結界，一定有高明的道術，我中計中得不冤，論實力，你應該是日本鬼的老大吧？」

「老大？不不不。」那人搖了搖手中的扇子，抿嘴輕笑，有幾分撫媚，卻一點都不讓人討厭。「我只能說，他們沒人敢在我的結界鬧事。」

盤坐在結界中的少年H眼睛閉起，然後旋即又睜開，雙目炯炯。

「你的結界是五行為基礎！金、木、水、火、土五大元素，不……應該是『旺、相、死、囚、老』五態……」少年H掐指一算，低呼：「你這是陰陽道啊！所以你是陰陽師？」

這句「陰陽道」一出口，反倒是那人吃驚了。

「你，不，該稱呼為您…」那人看著少年H。「您是何方高人？竟然可以看出我的來歷？」

「我是誰並不重要。」少年H雙眼注視著那人。「重要的是，我們現在是敵對的，任何結界都留有生門，要付出什麼代價才能破生門，劃下道來吧！」

「啊，別激動嘛……」那人露出淡淡微笑，說道：「我會告訴你方法的，只求你別像剛才的那位老伯一樣，舉起劍，就直接破陣，開出了一條道路。」

「老伯？是剛才那位老伯嗎？」少年H和狼人T互望了一眼，同時想到剛才與他們擦身而過的神秘老者。

那個力量可以和德古拉並駕齊驅的神秘老者。

「我想你們剛才應該遇到他了。」那人輕嘆一聲，「好好的一個結界，被他用劍硬是劈開一條路。這麼暴力的方法，實在不像是他這把年紀該做的事情，哎啊，剛才要不是我閃的快，恐怕……」

「一劍破陣？」少年H知道此陣的厲害，不由的吐了吐舌頭，然後他一抬起頭，赫然發現，這座七號車廂，就如結界的主人所言，有著被人硬闖的痕跡。

因為，整節車廂，竟然被一條觸目驚心的巨大劍痕整個貫穿。

這劍痕又深又長，竟從車廂的頭一直破入車廂的尾巴，使劍者的功力之高，當真是驚世駭俗。

而且這一劍周圍捲起的劍氣更是縱橫交錯，整節車廂無一倖免，連天花板也被劍風掃中，列車鐵皮翻捲，裂出一道道凌亂的口子。

地面上更是慘烈，四散著各種妖怪的斷手殘肢，恐怕都是被這記強劍掃中，連掙扎的機會都沒有，就被肢解了。

如果不是地獄列車被下了極為強大的咒語，可以抵禦從內部爆發的力量，恐怕現在的七號車廂，早已整個碎開了。

少年H欣賞完剛才老者的傑作，回頭，注視著那個結界的主人，揚聲讚道：「我猜想，你一定也不是個簡單的角色，這麼強的劍氣對你衝來，你竟然還可以毫髮無傷？」

「好說好說。」那人微微欠身，禮貌的回應。「那老伯剛剛也是這樣說啊，而且幸好他欣賞在下，才沒有砍下第二劍，不然我現在可能沒機會站在這裡和你說話了……」

「好啦。」少年H說：「我們明人不說暗話，要怎麼樣才能離開這個結界？」

「很簡單。」那人又是掩嘴一笑，「跟我下盤圍棋，贏了就讓你走。」

「圍棋？哈哈哈哈！！」少年H一聽完，竟然大笑起來。

「咦？」那人露出詫異的神色，問道：「這有什麼好笑的？」

「我只能說，你真是搞鬼遇到鬼祖宗了！」少年H比著那人，得意的笑著：「圍棋這玩意，可是我們中國人發明的啊！」

「是嗎？」那人用手一揮，只見少年H腳下的結界自動收攏，直線橫線不斷急速交錯，竟然變成一個巨大的棋盤。

而少年H和那人就分別站在棋盤的兩個點上。

「好！」少年H微笑。「請問該如何稱呼？」

「叫我安倍晴明吧！」那人一擺手，雙眼閃耀著興奮的光芒，「讓我見識中國人的棋藝吧，請……」

「請……」少年Ｈ也擺出了一個邀請的姿勢，然後他回頭對狼人Ｔ說：「狼人Ｔ，你先走，等我收拾這傢伙之後，馬上趕過去。」

狼人Ｔ用力點頭，經過剛才短短的幾場激戰，狼人Ｔ比誰都還要相信少年Ｈ的實力，牠邁開腳步，往六號車廂奔去。

「少年Ｈ，別輸了。」狼人Ｔ說。

「放心。」少年Ｈ專注的看著棋盤，沒有抬頭，此刻的他，已經完全被棋盤所吸引，心無旁騖。

「安倍晴明先生，讓我們按照圍棋古法，讓白子先行，誰先下第一子？」

安倍晴明微一沉吟，說道：「好，就尊敬圍棋乃是中國的發明，白子給我，黑子給你。」

二號車廂，酷刑人軍團的車廂。

此刻的Ｊ雙手上托，抵住了兇暴的兩匹靈馬，靈馬的背後則是不斷哭泣的商鞅。

Ｊ的雙手虎口，已經綻出了血花，沿著手腕流了下來。

「沒有辦法拿箭的你，到底還有什麼用呢？」這時候，由查理王化成的吊刑人慢慢走到了J的面前，臉上露出輕蔑的笑容。

「哼。」J滿頭大汗，雙眼幾乎要噴出了火焰，瞪著吊刑人。

「如果我的消息沒錯，嘿嘿。」吊刑人說：「今天好像是我一個老朋友最後一次任務了啊？」

「哼。」

「獵鬼小組的永恆詛咒，最後一次任務最艱難。」吊刑人咯咯的笑了起來，「沒想到是真的啊！」

「呸！」J吐了一口唾液，對著吊刑人，可是吊刑人頭一側，輕鬆躲過。

「你既然是我的好朋友，這裡又不乏各種酷刑的專家……」吊刑人冷冷地說：「我一定會為你準備最適合的一種刑罰的啊，我的朋友，哈哈哈哈！」

「刑罰？」J低著頭，嘴角的肌肉慢慢地移動，移動，竟然成了一個微笑的弧形。

「你知道嗎？查理王啊！」J雙目綻放豪光。「我等了多久，才讓你走到我的身邊……」

「啊？」吊刑人大驚，退了一步。

可是，已經來不及了。

J出手了。

「最後一次任務，讓我遇到你，其實我沒有什麼遺憾了！」J說道。「我要解開這道封印了！女神！」

「女……女神……女神的封印！」吊刑人慌張的往後逃，「你竟然有那麼可怕的東西！難道你打算同歸於盡！」

「答對了。」J微笑。

然後，他用力拉開胸口的衣服，一個狀似十字的圖騰，在他結實的胸口發出銀色的神聖光芒。

「解開吧！女神的封印！」J頭往上仰，雙手張開到極限，宛如一個接受聖光洗禮的嬰孩。

「安卡（Ankh）之箭！」

一號車廂，戰局已經接近了尾聲。

阿努比斯終於在最後關頭，趕上了惡靈小丑。

「說吧，小丑。」阿努比斯雙眼閃爍著憤怒的光芒，拍了拍手上的獵槍。「你想要怎樣的死法？」

「哈哈！哈哈！」小丑雙腳跳來跳去，竟然跳起了踢躂舞，「阿努比斯，你剛剛不是很神氣嗎？怎麼會變成這麼狼狽？」

「狼狽？」阿努比斯那張黝黑的狗臉，露出難得的笑容。「你還有臉問我啊？」這話剛說完，阿努比斯右手往後一掏，將那只巨大的獵槍甩到他的前頭，槍管對準了小丑。

「等等～」小丑露又害怕又噁心的表情。「我，我不想跟你打啊～」

「哈哈。」阿努比斯冷笑，「別以為我不知道你的伎倆，從地獄呼喚我恐懼源頭來對付我？快啊，我等著呢！」

「我也知道你的情況啊！」小丑嘿嘿的笑著，「為了替地獄列車服勤，你的力量被封印剩下三成，加上剛才又被我和吊刑人聯手『疼愛』，喔，還有和又迷死人的酷刑人軍團戰鬥，你現在沒剩多少靈力了吧？」

「沒剩多少？」阿努比斯端起獵槍瞄著小丑的頭，「一發就夠打爆你的頭了！」

「嘿～～讓我呼喚你最怕的人啦！」小丑先是搖了搖雙手，又搖了搖屁股，最後全身跳起舞來，但是就是什麼都沒有發生，跟剛才馬上就叫出蘭斯洛的情況，完全不同。

小丑扭了半天，卻一個人影都沒有出現。

「知道了吧！」阿努比斯的狗臉笑了起來，銳利的犬齒閃閃發光。

「你以為要呼喚我所恐懼的人，有這麼簡單嗎？」

「你……為什麼……」小丑首次露出慌張的表情。「等等，你恐懼的是……恐懼的是……怎麼會是……」

「我阿努比斯怕的人，從天上到地下，她可是最高傲的魔法女神。」阿努比斯一聲暴吼，靈力呼應他的憤怒，獵槍巨震，一排一排巨大的子彈衝了出去。

「小丑啊！你能呼喚她來！這個車掌就給你當了！」

「等等～～等等啊～～」小丑危急之際，此刻顯露了他隱藏的高明身手，右手抖出一件巨大的斗篷，剛好把他身體整個罩住。

轟！轟！轟！轟！轟轟轟！

千百顆子彈貫穿了斗篷，把整件斗篷打成了蜂窩。

千穿百孔的斗篷緩緩飄落，卻沒有見到小丑的身影。

「該死！沒打中！」阿努比斯右手把獵槍甩直，左手往彈夾一拍，垮啦垮啦，裡頭數十個空彈殼掉了出來。

話剛說完，斗篷緩緩飄落，一張鬼牌以肉眼無法分辨的速度，鑽了出來，往車頭方向飛去。

「好傢伙，保留實力到現在！」阿努比斯追上，手上獵槍再度轟出一排子彈，要把鬼牌射下來。「給我下來！」

啪啪啪啪啪啪，咆哮的子彈，把車廂牆壁打出了一排空孔。

可是，就在這個時候，他的子彈，竟然停了，

阿努比斯甚至感到手一軟，只覺得全身虛脫。

只聽到鬼牌在空中停住，然後大笑，「阿努比斯沒靈力了～沒子彈了～沒靈力了～沒子彈了～」

「哼。沒有靈力，照樣宰你！」

阿努比斯手一甩，摔掉獵槍，同時腳一蹬，身體有如一個柔軟的巨大彈簧。

蹦！瞬間就躍到鬼牌的旁邊。

阿努比斯的身手果然了得，手一抓，就對著鬼牌狠狠抓了下去！

鬼牌大驚，有如一隻受驚的蝴蝶，身體顫動，不斷亂竄，阿努比斯一抓沒中，卻看見鬼牌在空中畫出了幾個圓弧，咻的一聲！穿過車門的狹縫。

鬼牌，逃出了一號車廂，鑽進了車頭裡了！

「找死！」阿努比斯冷笑，「躲進車頭就以為我抓不到你嗎？你以為這台車的車掌是誰？」

只見阿努比斯慢慢地走向車頭，握住了車頭的門把，然後用力一拉。

拉開車頭門的那一剎那。

阿努比斯一呆。

「是你！！」

轟的一聲，他的身軀飛了起來，飛過了半節車廂，然後重重落在地板上。隨即，車門慢慢地，慢慢地被推開。

一個全身綁著繃帶的細瘦身影，食指指尖一張鬼牌停在上頭，正對著阿努比斯冷笑。

「哈哈，你們拼命戰鬥到現在……難道都沒有人想到，我木乃伊二十九這個主兇，究竟躲在哪裡嗎？」

第二十八話《倒數三分鐘》

地獄列車登場人物十六

電視機裡面的貞子

她源自於日本恐怖電影——七夜怪談。

唉，她其實並不是這麼搞笑的……

六號車廂。

狼人T衝到了這節車廂，遇到這裡幾隻僅存的日本鬼，牠雙爪如風，颼颼幾下，就輕鬆解決。

正當牠一腳踩在頭上刻有「咒怨」的小孩頭上，狼人T抬起頭，看了掛在車門上頭的時間，時針已經滑過五十七，就要轉到五十八。

時間，剩下不到三分鐘了！

同時，狼人T心中升起一股不好的預感……

牠已經推進到這裡了，可是，卻沒有看到半個夥伴，那些登上前面車廂的獵鬼組員呢？

黃泉之門一直到現在，都沒有開啟的跡象，是不是意味著，「前方的組員，已經兇多吉少了……」

想到這裡，狼人忍不住仰頭狂吼了一聲，四足邁開，有如一道紅色的閃電，躍上六號車廂的玻璃處，避開擁擠的善良亡靈，牠要用最快的速度到達車頭才行！

狼人T四足抓住窗戶，展現優越的動物能力，竟然沿著窗戶奔跑起來。

「吼～～～」牠不斷咆哮，五爪把玻璃抓得吱吱作響，不顧一切奔跑著。

剛才被貓女重創的腹部，又滲出了絲絲的血水。

可惡！！時間不到三分鐘了！

前面的組員，究竟是發生了什麼事情？

八號車廂。

一隻蒼白細長的手，正慢條斯理的，拿出打火機。

手中的拇指，俐落地按下火石，咻一聲，紅色的火焰從打火機的嘴裡噴了出來。火焰靠近煙嘴，點燃了煙草，透出點點的紅光。

「時間，剩下三分鐘了。」手的主人，吐了一口煙圈，緩慢吐出這句話。

「也許他們來得及。」另一個聲音，蒼老而有力，低沈地回答。

「嗯，那，我們還打嗎？」夾著煙的細長手指，在火光映照下，意態高雅也悠閒。

「打，當然打。」蒼老的聲音笑了起來，「難道你怕了？……伯爵。」

「怕？」

手指的主人，赫然就是面容俊俏，卻難掩蒼白之色的吸血鬼之祖——德古拉伯爵。

他把煙嘴含入口中，裊裊的白煙，從他鼻端緩緩飄出。

「亞瑟王啊，我是怕你這一身老骨頭，受不了稍微劇烈的運動啊！」

「這你就甭擔心了，哈哈。」亞瑟王蒼老的聲音大笑，「我倒是擔心你，待會我這太陽之劍的日光太強，會讓你魂飛魄散，連骨頭都找不到。」

「呵呵，很好，有精神很好。」德古拉微笑，捻熄了香煙，雙手緩緩前伸，一股幽然黑氣，圍繞著他的手掌盤旋跳躍，十分的詭異。

「數百年來，這是我第一次用實力，可要看清楚啦。」

「喔，你果然到了可以將靈力具現化的境界。」亞瑟王抽起了傳說中的太陽之劍，一道刺眼的金光，登時照耀了整節車廂。

「彼此彼此。」德古拉微笑。「來吧，我的老朋友，太陽王亞瑟。」

車頭。

阿努比斯被木乃伊二十九一拳轟開，重重摔落在地板上，這一刻，他只覺得全身的骨頭，彷彿被拆散了一般。

而且，他突然覺得喉嚨又乾又痛。

然後，一股莫名的怒氣從他心底升起，讓他充滿了無比的殺意！

「我要殺人！我要殺人！我要殺！殺！殺！殺殺殺！」

瞬間，阿努比斯雙眼通紅，張大嘴露出他狼犬般的獠牙，跪在地上，發出一聲淒厲的乾嚎。

這時，鬼牌尖聲大笑：「哈哈哈！真是榮幸，阿努比斯，你能讓木乃伊二十九親自替你注射『暴亂病毒』，你可真是榮幸啊！」

木乃伊二十九沒有說話，雙眼透露幽幽的血紅光芒，注視著阿努比斯的變化。

他的右手此刻沾滿了阿努比斯的血，適才木乃伊二十九沾滿病毒的雙手，毫不留情地插入阿努比斯的身體內，同時，將最純粹的毒液，打入阿努比斯的血管中。

也難怪阿努比斯這麼痛苦，他的力量在列車上被封印，又耗盡了僅存的靈力，突然要他抑制這麼強悍又直接的病毒注射，實在是強人所難。

列車上，只見阿努比斯不斷地狂吼，在地上打滾，身軀不斷劇烈抖動，面容扭曲變形，似乎馬上就要發狂，變成另一頭殺人鬼。

「別撐了。」鬼牌小丑大笑，「你現在身心俱疲，抵抗力遠不如以往！乖乖束手就擒，成為我們的夥伴吧！」

阿努比斯一句話也說不出來，睜著他滿佈血絲的雙眼，瞪著木乃伊和鬼牌，緊咬牙關，幾絲唾液沿著嘴角慢慢淌了下來。

無法說話的他，堅毅的雙眼，訴說著決不屈服的意志。

「你們，兩個混蛋！我可是，車……車掌……」

隨著時間過去，阿努比斯的表情雖然依舊恐怖，可是身軀竟然慢慢停止了顫抖，原本血紅的雙眼，也跟著逐漸褪色，恢復成原有的陰褐色。

不愧是冥門守護者，阿努比斯！面對如此殘暴的病毒，還是硬挺了下來。

「真是不聽話。」鬼牌小丑嘿嘿笑道，「木乃伊老大，再給他注射一次吧，讓他乖一點，聽說注射太多會死？如果死了就算了！」

「嘿……」木乃伊緩緩走近阿努比斯，口齒遲鈍地說。「真、不、聽、話。」

阿努比斯半跪在地上，瞪著逐漸向他走近的木乃伊，怒目圓睜，卻是無可奈何。

此刻的他，不僅精疲力竭，加上剛才的病毒襲擾，更讓他全身脫力，連抬起一根指頭的力氣都沒有了。

沒想到，在埃及威震八方的阿努比斯，竟然落到這個田地。

「不、能、動、嗎？讓、病、毒、給、你、力、氣。」木乃伊伸出了他乾癟的右手，上頭纏繞層層的麻布，而且這麻布竟是詭異的深綠色，一看就知道是劇毒之物。

鬼牌小丑則在後面高聲大喊，「來吧！來吧！阿努比斯成為憤怒的奴隸吧！成為我們親愛的夥伴吧！」

在鬼牌的吶喊聲中，木乃伊那被深綠麻布包裹的右手，緩緩前伸，眼看就要碰到阿努比斯的額頭。

在深綠麻布的陰影下，

阿努比斯嘆了一口氣，閉上了他的眼睛。

「對！這，就、對、了。」木乃伊在層層麻布下的臉，笑了起來。

在這個時候，阿努比斯搖了搖頭，嘴唇開啟，輕輕說了兩個字，

「開火。」

「什麼？」

突然，阿努比斯破爛的衣衫中，鑽出一個小小的火龍頭。

火龍有雙又大又靈活的眼睛，直瞪著木乃伊，臉頰腮幫子高高鼓起，有如兩顆圓滾滾的紅球。

然後小火龍嘴巴用力一吐，一道紅光四射的火焰圓球，對著木乃伊射了過去。

「啊～～～」木乃伊尖叫一聲，雙手急速縮回，想要護住自己的臉部。

可是，這一瞬間，木乃伊什麼都沒有看到，他只看到一片熾紅，什麼都是紅的！紅得發燙！紅的讓它發出尖叫！

緊接而來的，是全身爆出一陣劇烈的疼痛。

「傳言中，不死系的木乃伊果然特別怕火，哈哈哈哈。」阿努比斯聲音雖然虛弱不堪，仍掩不住他豪邁的大笑。

第二十九話《Timeisup!》

地獄列車登場人物十七
蒼蠅王（Beelzubub）

西伯來語是「豪宅之主」，後來衍生為「王」，《新約》一書中奉他為鬼王，他曾與耶穌對戰三次，雖然展現他強大的力量，最後卻不敵神之子，而被打入地獄中。但是就算他在地獄中，仍不減他的強者地位，成為僅次於撒旦和路西法的宰相級人物。

在《失樂園》一書中，他更被描述成一位充滿智慧的賢者。宗教書中，他的形象，多是一隻巨大的蒼蠅。

幽暗無光，這裡是地獄的深處，一個名為「地獄管理局」的地方。

一名全身穿著黑衣的男子，在潔白明亮的走廊上狂奔著，這男子不只是身穿黑衣，連臉蛋膚色，都是清一色的黑色。

狂奔的黑男子和白走廊，形成一個強烈的對比。

他在走廊上不斷地跑著，引起走廊兩旁一些正在辦公的地獄人員注意，他們抬起頭，露出好奇的眼神追尋著這位急奔者的身影，隨即，又低下頭去，因為，他們認出了這位黑男子的身分。

這人的身分在地獄管理局中甚高，隨便注視是不禮貌的。

這位急奔者，卻完全沒有顧慮到自己的失態，他不斷地奔馳著，然後緊急煞車，停在一堵透明的玻璃門外。

透明門上掛著一個鍍金的牌子，上頭寫著「地獄出入境管理部」。

這人停在門口，先是深吸了兩口氣，舒緩了因為急奔而紊亂的呼吸，然後按了按玻璃門旁邊的答錄機。

答錄機嘟一聲，裡頭傳來一個悅耳的女音。

「這裡是地獄出入境管理部部長辦公室，請問您有預約嗎?」

「幫我接部長蒼蠅王，說我『黑無常』有急事。」

答錄機寂靜了幾秒鐘，然後傳出一個低沉的男子聲音。

「黑無常，進來。」

剛說完，玻璃門緩緩開啟，黑無常抹去額頭的汗水，急急走入了玻璃門內。

一穿過玻璃門，映入眼簾的，是一個寬闊無比的辦公室，座落在辦公室的中央，一名黑髮碧眼的英俊冷酷男子，正坐在辦公桌前。

在男子的面前的，有一張巨大無比的電視牆，懸掛在牆上。

男子正凝視著螢光幕，表情是罕見的嚴肅。

「報告蒼蠅王部長。」黑無常緩步踏入辦公室中，神色惶急地說：「剩下一分鐘了，地獄列車的黃泉之音始終沒有傳過來，恐怕是凶多吉少了。」

「一分鐘……嗯。」蒼蠅王注視著那巨大的電視牆，電視牆上一個光點不斷閃爍著，正顯示著地獄列車所在的位置。

而電視牆的左下角，有個巨大碼錶倒數著，剛從六十跳成五十九。

這個五十九代表的是……時間，只剩下五十九秒了。

「剩下不到一分鐘。」蒼蠅王相當的嚴肅。「地獄列車上，都沒傳來任何消息？」

「是！」黑無常回答：「照理說，這時候列車要發出黃泉之音，和我們的黃泉之音同調，才能牽引他們進入地獄。可是，我們的黃泉之音已經傳出超過二十分鐘了，地獄列車卻始終沒有任何回應……」

「嗯，情況不好啊！」蒼蠅王閉上眼睛，用手指揉了揉眉間。「唉，當初我看到乘客名單，就知道會出問題，緊急通知人間的獵鬼小組去支援，還是沒辦法嗎？」

「以獵鬼小組的力量，恐怕遠遠不夠……」黑無常眼角瞄過乘客名單，正被凌亂地扔在桌上。

「……這張名單上有德古拉伯爵，有貓女，還有受刑人軍團……曼哈頓獵鬼小組雖然是世界首屈一指的戰鬥團隊，但是面對這些敵人，能夠全身而退，恐怕就已經非常難得了。」

「唉……要不是受制於【天堂地獄協定】，我們又不能派出軍隊，會被天堂視同叛亂。」蒼蠅王右手握拳，憤慨地說：「這下事情恐怕越來越麻煩了。」

「唉……」黑無常嘆道：「這事情真是麻煩了！」

「為今之計，我們只好相信阿努比斯和獵鬼小組了。」

蒼蠅王注視著螢光幕，上頭閃爍的光點，正顯示著地獄列車正忘情狂奔著，沒有人開啟黃泉之門。

「黑無常，別忘了，事情過後，我要追究責任，是誰把這麼多列管中的怪物放在同一部車廂上，不是要叛變是什麼？這件事十分嚴重，我要徹查，懂嗎？」

「是。」黑無常躬身答道。

蒼蠅王慢慢起身，此刻，他那雙高傲的碧眼，閃過一絲罕見的憂傷與溫柔。

「阿努比斯，我的老友啊！」蒼蠅王嘆了一口氣。「請你千萬要撐下去，別逼我親自出手，毀滅這台地獄列車啊！」

地獄列車

地獄列車的前端。

列車上不斷上演的激戰，進入最後白熱化的階段，獵鬼小組一步一步，艱難的推進到了車頭，最後的對決終於登場。

狼人T衝入了二號車廂，眼前的畫面，讓見慣血腥場面的牠，也不由地打了一個哆嗦。

這裡，已經不是慘烈可以形容了，滿地的血污，各式各樣說不出名字的武器刑具，釘滿車廂的地板牆壁，還有四散的屍首碎片，甚至是殘缺不全的馬屍，各種顏色的腦漿和血汁，噴得到處都是。

再仔細看，會發現所有的屍體彷彿被一股強大力量捲向同一方向，在地上畫出了一個相當奇異的圖形。

一個類似十字架的巨大圖騰，只是在十字架的末端，多了一個美麗的圓形。

「這是……安卡之箭！」狼人T見得心驚。「難道……」把伊希絲女神的封印解開了嗎？」

狼人T放眼望去，越來越不忍心，因為整節車廂，已經看不到一塊完整未受污染的區域。

真正讓狼人全身顫抖的，是躺在屍體中央的那個男人。

J隊長！

「J……」狼人慢慢地走到了J的面前，眼眶一陣莫名的溫熱。

「狼……人……T……」J全身早已不成人形，原本帥氣的臉龐，找不出任何一樣人類原有的特徵。他只勉強睜開了半隻眼睛，嘴角隱隱動了一下……

「快去……去……車頭……」

「可惡！」狼人雙拳緊握，一陣情緒激動，兩行老淚就這樣沿著臉頰滑落下來，「你怎麼可以死在這裡？怎麼可以死在這裡啊！你不是要退休了！你的家人！你的夢想呢？」

「快去……」J的臉，已經被折磨到失去任何人類的表情了，他只是用他含糊的聲音說道：「阿努比斯……在……苦……苦戰……去……」

「老大。」狼人蹲下，拿起J的手，用力握住。那是一雙已經找不到任何完整骨頭的手。

「你永遠是我們獵鬼小組的老大。」

「謝……」J僅存的一隻眼睛，眨了眨，慢慢盈滿了淚光，混著血，緩緩地從臉頰流下。

狼人昂然起身，舉起手臂，用力將眼睛和鼻子的淚水抹去。

「吼～～～～～～～」狼人怒吼，轟隆的一聲，衝過了滿地屍首的二號車廂，撞開了車門。

碰！撞開門的瞬間。

一幕一幕殘忍的畫面，呈現在牠的眼前。

阿努比斯身體懸空，一個身體被火焰燒得焦黑，面目難辨的怪物，右手正抓著阿努比斯的頭顱。

而怪物的左手，瞬間插入了阿努比斯的左胸。

「阿努比斯啊啊！」

狼人見狀，發出一聲淒厲的咆哮，身體化成一道光影，竄向怪物。

可是狼人還沒碰到怪物，牠的臉，就被一個濕軟的東西輕輕打中。

「這是什麼……」狼人T從臉上一撈，放在手心一看，臉色驟變。

這是……心臟？

狼人一愣，「阿努比斯的心臟？」

「答、對、了！哈、哈、哈！」焦黑的怪物正是整台列車暴動的主凶—木乃伊二十九。「咯、咯、同，伴，的，心，臟，好，吃，嗎？」

先是見到J的喪命，又見到阿努比斯的心臟被挖出，狼人T幾乎瘋狂，右手銳利的爪子揮動，不顧一切往木乃伊的身體劃去。

木乃伊一聲冷笑，矮身，輕鬆避過狼人憤怒的一擊。

「越、怒、越、好。哈、哈、哈……」

狼人T雙眼泛著紅絲，虎目含淚，他想到了垂死的J，昏迷的吸血鬼女，還有剛才阿努比斯的心臟，凶多吉少的幽靈騎士，他狂怒地揮動雙爪，將全身的力量發揮到極限，每一招都要和木乃伊同歸於盡。

木乃伊卻充分利用狼人的暴怒，輕鬆地左閃右躲，使狼人T的攻擊全部落空，操縱憤怒，原本就是他的拿手好戲。

就在此時，狼人右爪用力橫揮，木乃伊一矮身，趁機鑽入狼人T的懷裡。

「我、看、到、了、你、肚、子、有、傷？」木乃伊嘿嘿兩聲，右手握拳，對著狼人T腹部的傷痕，全力揍去。

這拳打得狼人T痛徹心扉，怒吼一聲，腹部的傷口整個裂開，隨著四濺的鮮血，狼人T重重跌在列車的地板上。

「可……可惡……」狼人跌在地上，手臂撐了幾次，竟然全身脫力，爬不起來。

「可惡！剛才傷得太重，又耗力過度……你這個臭木乃伊……我才不放在眼裡……」

「剩、下、三、十、秒。」木乃伊嘿嘿笑著，血紅的瞳孔發出勝利的光芒。

「你、過、不、去、的。我、們、贏、了。」

狼人又急又怒，可是一向擁有無窮力量的牠，此刻卻覺得全身無力。

然後一陣的無力感籠罩全身，沒想到列車上短短的十五分鐘激戰，竟然讓牠力疲至此。

可是，就在牠幾乎要放棄的時刻，牠的身邊，竟然傳來一聲「嘟～～嘟～～嘟～～」的電話鈴響。。

狼人T一呆，低下頭，發現自己的腳邊不知道何時多了一台手機，手機的天線發出一陣紅橘交錯的閃光，顯示有人來電……

「見鬼！」狼人T呆呆地看著自己腳邊的手機，考慮要不要拿起手機。

狼人T想了一下，還是決定拿起手機，按下接通鍵。「喂！」

『啊啊啊啊啊～～～～～』

手機中突然傳來一陣淒厲的女生尖叫！

「啊啊啊！」狼人T嚇了一跳，手機鏘一聲落在地上！「更！這是什麼鬼來電啊！」

『對不起對不起，這個笨蛋鬼來電，總是喜歡先嚇一嚇使用者。』

可是，接下來手機中卻傳來一聲熟悉的聲音。

『狼人T你聽的到嗎？我是……阿努比斯！』

「阿努比斯？」狼人T摸了摸剛才因為驚嚇，而急速起伏的胸膛。「你……你的心臟不是被挖出來了？」

『這是一種古老埃及的神秘宗教觀，心臟被挖出來，並非是絕對的死亡，只是讓我進入另一種形態的生命模式，更是為了等待一個新的肉體。聽著！我們沒有時間了，你必須盡快解決這木乃伊……多虧了這支可以溝通異界的手機……』

「擊敗木乃伊？可是我已經……」狼人T苦笑，看了看自己已經舉不起來的雙臂，無論是肉體或是精神，牠都已經到達極限了。

『狼人T聽好了，木乃伊二十九一點都不強！他一身暴亂病毒在剛才已經被我耗盡了！現在的他只是仗著你的怒氣，才能躲過你的攻擊，他跟你比起，弱得太多了。』

「嗯……」狼人T思索著。

『你只要冷靜下來，善用你身體的武器，回想你的戰鬥方式！你一定可以取勝的！我們就剩下你了啊！』

「嗯？屬於我的戰鬥方式嗎？」

說完，狼人T顫巍巍地站了起來。

木乃伊看著狼人T，嘴角冷笑。「找、死。」

狼人T低吼了一聲，右爪往木乃伊臉上抓去，木乃伊低頭躲過，卻赫然發現，狼人的左爪，同一時間，如迅雷般鑽向自己的腹部。

「右，拳，是，幌，子？」木乃伊身體急扭了半圈，仗著他枯瘦的身體，驚險地躲過狼人T的左拳，這個必殺的攻擊。

木乃伊突然感覺到一點驚恐，因為狼人T的攻擊節奏改變了！沒錯！狼人T恢復冷靜了！？

狼人靠著雙拳成功逼退了木乃伊。牠左腳往前一踏，右爪再度追擊，木乃伊不敢輕忽，左手上格，抵住了狼人的右爪，同一時間，狼人左爪再度施展偷襲，木乃伊早有提防，手上的古老麻布甩開，裹住狼人的左爪，成功牽制住狼人的左手偷襲。

「綁住了？」狼人看著自己的左爪竟然被木乃伊的麻布裹住，訝異地說。

「哈哈、看、你、的、左、爪、如、何、作、怪？」木乃伊冷笑，另一手麻布再度抖動，咻咻兩聲，又捲住了狼人的另一隻爪子，狼人的雙爪同時被麻布緊緊鎖住，一起受制。

此刻，牠的雙爪和木乃伊的雙手，有如連體嬰般，糾纏在一起。

「我、的、麻、布、上、有、禁、咒！沒、可、能、掙、脫、的。」木乃伊奸笑，「乖、乖、等、列、車、到、站、吧！」

「啊……是啊！」狼人T先是錯愕，但是隨後牠臉上的表情卻慢慢改變了，嘴角上揚，目露異光。「木乃伊啊！你將我們捆在一起，是為了囚禁我的雙爪，但是你是否忘記了一件重要的事情，在荒野之中，狼真正的近身武器是什麼？」

「啊！狼的近身武器！？」木乃伊猛然想起，驚叫一聲，兩手麻布同時回捲，就要脫逃。

可是，狼人怎麼容他放手，雙爪抓住麻布，硬是把木乃伊拉回牠的面前

「感謝神，賜給我豐富的食糧啊！」

剛說完，狼人大嘴張開，兩排犀利的白牙，發出璀璨銀光，對著木乃伊的腦袋，狠狠地咬了下去。

木乃伊失算了，他沒想到狼人T還有這樣一個致命武器—牙齒！可是此時他們之間的距離，只有短短的二十公分，想要躲也躲不掉。

木乃伊睜著一雙紅眼，看著那個血盆大口在他面前，越來越大，越來越大，然後，扣的一聲！血盆大口把他頭整個含住。

接著，木乃伊什麼也看不到了。

在狼強壯的上下顎咬合下，木乃伊只覺得自己的顱骨慢慢變成く字型，鼻樑歪斜，擠入了自己的嘴裡，眼珠先是突出，隨即剝剝兩聲，激射而出。

最後，他整個頭顱扁落，在狼人的嘴裡，變成一球肉團。

「呸！」狼人嘴裡吐出木乃伊頭顱的碎片，「上千年的醃貨果然難吃！」

狼人看了懸掛在車門上頭的時鐘，時間，僅剩最後的八秒。

手機那頭，又響起了阿努比斯焦急的催促聲，

『狼人！快！到車頭裡面！裡頭有個黃色的按鈕，按下去我們就贏了！』

「放心！」狼人四足一躍，幾個起落，跳入了車頭操縱室，在列車的儀表板上，果

然有個黃色的按鈕。

「還有三秒。」狼人瞄了時鐘一眼，長長噓了一口氣。

望著那黃色的按鈕，狼人T的內心不期然升起一股又酸澀又自豪的激動，從上車開始這短短的十五分鐘……竟然就讓縱橫百年，世界知名的曼哈頓獵鬼小組，經歷場場苦戰，還差點全軍覆沒……

所幸，此時此刻，獵鬼小組還有一個人，成功站在這裡，這表示英勇戰士們的犧牲並沒有白費。

我們獲勝了。

看到了嗎？J、幽靈騎士、吸血鬼女、少年H……我們還是獲勝了！

狼人T的虎目含淚，發出一聲勝利的狼嚎。

然後，牠高高舉起牠的右爪，往那個黃色按鈕，使勁拍去。

「上黃泉路了！各位旅客！」

可是，這一瞬間，按鈕並沒有按下，黃泉之音也沒有響起。

因為，狼人T的動作停住了。

牠的右手仍舉在半空中，沒有落下，剛剛還沉浸在悲喜交集中的牠，有些迷惑，有點吃驚，低著頭看自己胸口，不知道什麼時候，竟然染滿了鮮血。

一道清晰銳利的割痕，把牠胸口，整個割開了。

血，先是慢慢地從割痕中，一絲絲地滲出來，然後越來越快，變成了一串跟著一串的血珠。

血珠越來越大，最後竟然變成了一整片的紅色噴泉，噴了出來，濺滿整個車頭。

狼人T的爪子呆呆舉著，雙眼瞪著那黃色按鈕，被自己噴出來的血，濺成紅色。

牠右手動了動，想要讓牠的爪子按下開關，可是，此刻的牠已重傷到無法繼續操縱自己的身體。

於是牠的爪子就這樣舉著，只差一步，始終沒有來得及落下。

碰！狼人T雙眼睜得老大，轟然跌倒。

「不甘心！不甘心！！我不甘心啊！」

接著，一張紙牌，發出銀色詭異和璀璨的銀光，從狼人胸口的傷口中竄了出來。

「哈哈哈，抱歉啊，最後的勝利者是我，小丑啊！」

這一剎那，時鐘的秒針，從五十九，轉向了六十。

Time is up!

時間，終於到了！

第三十話《收尾》

地獄管理局。

地獄出入境管理部，部長辦公室裡頭。

蒼蠅王和黑無常兩人，正全神貫注凝視著他們眼前巨大的電視牆。

電視牆的左下角，一個數字正在倒數著。

隨著時間過去，蒼蠅王的表情就越發難看，燈號始終沒有轉變成「紅點」，那表示列車上沒有人打開黃泉之門，這只顯示了一件事，地獄列車上的危機，遠比他想像中還要嚴重許多……

看著那個數字，從4，到3，然後轉成2。

甚至變成了1。

蒼蠅王不忍再繼續看下去，他緩慢起身，輕嘆一口氣，起身離去。

「唉，剩下幾秒了，還是沒阻止成功嗎？」

不過，就在此時，黑無常發出了噫的一聲。

「噫？蒼蠅王老大……有……有……」

「什麼？」蒼蠅王一震，猛然回頭。「有什麼？」

「剛才……好像有東西闖進地獄列車！」黑無常看著畫面，露出詫異無比的神情。

「怎麼可能？」蒼蠅王訝異，「地獄列車的禁咒結界，是幾乎不可能突破的啊！你眼花了嗎？」

「啊！變了，綠點變了！」黑無常大叫起來。「變了！」

就在時間終止的最後一秒，那個電視牆上的綠點，突然急速閃爍了兩下。

然後綠點瞬間轉成紅點。

「紅點……」蒼蠅王深深了吸了一口氣，彷彿不可置信，「快點通知出入境人員……說……他們回來了！他們回來了！」

「真的？」黑無常一時間還不敢相信，畢竟是最後一秒了，訊息竟然剛好不偏不倚，在最後一秒傳回來。

「是，真，的！」蒼蠅王冷酷的表情，再也掩飾不住他的狂喜，「他們辦到了！地獄列車把黃泉之門打開了！」

「他們終於辦到了！」

蒼蠅王呆呆看著螢幕，突然覺得自己的眼眶有點溼潤。

七號車廂，日本鬼的車廂。

「啊？這是什麼音樂？」還在七號車廂下棋的少年H，抬起頭傾聽著。

「這是黃泉之曲。」安倍晴明舉手，下了一子，臉露祥和微笑。「也是離別之曲。」

「你的意思是？」少年H一震，難道是……

「是結局。」安倍晴明優雅的微笑。「我必須說，這盤棋從頭到尾你都不專心，所以棋是我贏了，但是……」

「但是什麼……？」少年H追問。

「黃泉之曲正是象徵著黃泉之門的開啟。」棋靈王用雙手把棋盤上的棋子都收攏起來，慢慢說著：「事實上，你們任務成功了。」

「成功了！哈哈！果然成功了！」少年H用力一握拳，「幹得好啊！狼人T！不愧是我的好兄弟。」

二號車廂，酷刑人的車廂。

躺在地上，垂死的J發出大笑，洪亮的大笑。

「哈哈哈哈哈！！」

然後，J揮動他僅存可以移動的手臂，用力拍著地面。

「查理王，看到沒？你這個混蛋！我們獵鬼小組還是成功了！」

三號車廂，

善良的亡靈們聽到這音樂，互相擁抱歡呼起來，有許多人忍不住激動的眼淚，嚎啕大哭。

「萊恩叔叔，是爺爺成功了嗎？」小女孩牽著那男子的手，仰頭問道。

「是啊，成功了。」男子用手溫柔地摸了摸小女孩的頭。「是大家一起努力讓他成功的！」

「嗯，叔叔，我跟你說喔。」小女孩好像下了一個很大的決心。「我以後也要當獵鬼小組，我要像爺爺一樣了不起！」

「嗯！」萊恩瞇起眼睛笑了，「真的嗎？太棒了！」

九號車廂，棒球選手的車廂。

七零八落的棒球選手們丟下球棒，用力跳躍呼喊著：

「Home Run！」

「Home Run！」

十號車廂，野獸車廂。

貓女不知道什麼時候，已經解開了身上的點穴，她眼睛半睜半閉，正舒適地坐在焦黑的地板上。

她的姿態慵懶，靈活的尾巴輕緩擺動，似乎在享受最後自由的時光。

接著，她嘴角揚起。

「少年H小帥哥，恭喜你啊，喵。」

十一號車廂，十二號車廂，十三號車廂……

地面上的八卦鏡發出一陣燦爛的光芒，光芒過去，地上躺著兩個人，一個是牛頭一個是馬面，他們面面相覷……顯然記不得剛才發生了什麼事情。

八號車廂，德古拉伯爵的車廂。

躺在地上的吸血鬼女仍然沒有醒。

很奇特的，八號車廂吹起了陣陣夜風。

對密不透風的地獄列車來說，夜風幾乎是不可能存在的。

可是，寒風的確存在！為什麼呢？因為八號車廂的車壁上，竟然被人炸開了一個大洞。

到底是什麼力量？竟突破了層層保護的強大禁咒，撞破了車廂的牆壁，還挖出了大約一個人高的破洞。冷風，就從大洞中不斷灌入。

而且，更讓人驚異的事情還在後頭，那就是「剛才勢均力敵的兩位最強者，此刻都不在八號車廂中。」

是的，吸血伯爵德古拉和太陽王亞瑟王，同時消失了。

八號車廂，留下了一個謎團，只剩下蕭瑟的冷風，吹在昏迷的吸血鬼女的臉上。

第三十一話《告別》

所謂的黃泉之門開啟，就是當地獄列車發出一首名為「黃泉之曲」的歌聲，當黃泉之曲的音頻和地獄總部發出的音頻相合，就是黃泉之門大開之時。

因為只有地獄本部發出的黃泉之音，才能引導地獄列車穿越異層時空，回到地獄。

據說，黃泉之曲這樣奇特的音樂是非常悅耳的，可以直接敲擊靈魂的深處，無論是人類或是妖怪，都會忍不住停下動作，傾聽自己靈魂深處和音樂一同顫動。

而黃泉之曲的演奏者，是一個名為奧菲斯的人，他來自古老的希臘神話，為了見心愛女子一面，他寫出了連冥王都會感動的「黃泉之曲」。

幽暗的地獄空間之中，只見被黃泉之音牽引的地獄列車，透出了幽幽的綠光，慢慢漂浮起來。

列車發出一聲悠長的低鳴，先是車頭在綠光中緩緩透明，緊接著是第一節車廂，

第二節車廂……逐步透明下去……

整台列車，就這樣在黃泉之曲的引渡下，完全進入了地獄。

地獄列車回來了。

英雄們也回來了。

轟隆！轟隆！

地獄車站突然出現了一個巨大的黑色漩渦，漩渦的中心傳來尖銳巨大的車輪滾動聲，然後，一台列車出現了。

有如一隻受傷的野獸，列車在不斷地尖嘯和高速中，從黑色漩渦中衝了出來！

車輪著地，擦出一片亮麗的火花，然後，在摩擦力的作用下，車速也漸漸減緩下來。

它停下來了，在地獄第五月台停了下來，車輪高溫的濃煙噴滿了月台，強勁的衝擊力肇因於黃泉之門在最後一秒開啟，使得列車差點回不到地獄。

噹！一聲清脆的鈴響。

車門慢慢打開。

同一時間，早就等在月台上的地獄武裝部隊和醫療小組，行動迅速，井然有序，湧入了地獄列車中。

只是，當這些身經百戰，見慣血腥暴力的地獄人員，踏進列車的瞬間。

每個人，都不約而同掩住了口鼻，露出噁心和吃驚的表情。

因為，這台地獄列車，已經不是他們記憶中原本寧靜祥和的模樣。

此刻的它，剛剛經歷過一場由血腥和火焰組成的瘋狂殺戮，它是戰場，也是屠宰場。

慘！

實在，太慘了。

先驅部隊湧入了列車後，最後踏入列車的兩人，是蒼蠅王和黑無常。

看到此刻列車慘烈的景象，連一向冷酷的蒼蠅王也挑了挑眉毛。

「唉……」他雙眼瞇起，長長嘆了一口氣。「扼守住每個要道，還有，找尋生還者。」

「如果還有生還者……」

武裝部隊動作迅速，進入了各節車廂，首先被帶出來的，是排成一排的無辜善良亡靈。

各節車廂的怪物們，沒有在這一場激戰中死亡的，也都在黃泉之曲的催眠下，呈現半睡眠狀態，意識模糊。

地獄人員一到，把他們分別銬上符咒手銬，一一從車廂中帶了出來。

只有少數的大鬼大妖，還能保持清醒，他們也不反擊，只是安靜地迎接武裝部隊的到來。

蒼蠅王站在月台，手中握著對講機，等著撤入各節車廂的部隊，對他做狀況回報。

「報告蒼蠅王，十三號、十二號、十一號車廂淨空。」對講機中傳來第一個消息。

「報告蒼蠅王，三、四、五、六號亡靈全數撤離。」第二個消息。

「報告蒼蠅王這裡是十號車廂……這裡到處都是火燒後的痕跡！還有很多野獸的屍體……啊啊！發現生還者！」

「我的天啊！是貓……貓女！！」

蒼蠅王聽到對講機裡頭部下發出慌張的聲音，他握住對講機，用力說道：「跟貓女說，如果她敢碰我的人任何一根手指頭，我就把她丟進黃泉裡頭泡水，聽說貓最愛水了？不是嗎？」

接著，蒼蠅王對講機傳來一聲甜膩的貓叫。

「喵。蒼蠅王，對講機在我這裡喔。」

「哼。貓女你別戲弄我的部下了，快給我出來吧！」蒼蠅王嘆了一口氣。「事情鬧的這麼大，你還有興致玩啊！」

「喵，哈。」貓女甜甜地回答。「是～蒼蠅王老大～」

這時，又有新的消息傳了過來。

「報告蒼蠅王，九號車廂的棒球選手全部逮捕撤離，只是找不到棒球B。」

蒼蠅王回應道。

「放心，貝比魯斯的靈魂已經被『地獄死亡局』接收了，因為他被阿努比斯給槍斃了。」

接著，是八號車廂傳來消息。

「報告蒼蠅王，這裡是八號……八號車廂，事情不好了！請您來看一下。」

「什麼事情？」蒼蠅眉頭皺起，問道。

「破……破了……」

「什麼東西破了？」蒼蠅王邁開腳步，一邊往八號車廂前進，一邊問道。

「牆壁！」

「什麼！牆壁？你說被強大禁咒保護的列車牆壁？你有沒有搞……」說這句話的同

時，蒼蠅王已經來到了八號車廂的外頭。

「我的天啊！」蒼蠅王站在這個大洞的前面，原先的冷酷表情蕩然無存，只剩下無盡的訝異。

「這列車上到底發生了什麼事？這個最強符咒，除了陽光和極度黑暗才能分解的符咒，竟然被人轟開了。」

他低下身子，仔細檢查洞口的痕跡，突然間他眉頭緊蹙，似乎發現了什麼不可思議的事情。

他拿起掛在腰間的手機，迅速撥通了一支號碼。

「嗯……我是出入境部長蒼蠅王，你馬上幫我查幾個人，所有地獄中還有辦法呼喚日光的人，例如黃道十二宮的黃金聖鬥士，追日夸父，別忘了，還有太陽王亞瑟，這些人的行蹤現在在哪裡……」

關上手機，蒼蠅王望著那個大洞，露出沈思的表情。

「這個列車牆，至少下了二十種強大的符咒，日光是最重要的元素，然後就是極度黑暗的力量。但是禁咒本身相當複雜，甚至會引發連鎖反應。如同一個高等的數學方程式，要轟開這符咒，幾乎是不可能的啊……除非……」

「除非……極度黑暗和極度光明兩者合作……」蒼蠅王眉頭深鎖，「只是，擁有這樣相反力量的絕頂高手合作，簡直匪夷所思……」

就在蒼蠅王思索之際，他的腰間一陣震動，對講機又再度響起。

他一按接通鈕，馬上就聽到，裡頭傳來黑無常十分緊急的聲音。

「報告蒼蠅王，我在車頭！！」黑無常的聲音極為慌亂，「請您快到車頭來！！」

就當蒼蠅王快步走向車頭的時候，他在七號車廂遇到了少年H。

少年H斜倚在門口，微笑，對蒼蠅王揮了揮手，「嗨。」

「張師父，您好。」蒼蠅王客氣地對少年H微微頷首，不若以往的冷峻。

「你要去車頭？我跟你一道去吧！」少年H說道。

「嗯，沒想到獵鬼小組有你這樣的人在，都會弄到這步田地？」蒼蠅王說道。

「情況失控了。」少年H嘆了一口氣。「這台列車上的怪物如雲，回想起來實在恐怖啊！」

「是啊！」蒼蠅王面容冷酷，昂首疾行，「我以我蒼蠅王的名字起誓，一定會查出是誰讓這麼多惡名昭彰的怪物集中到這台列車上。」

走到二號酷刑人的車廂。

少年H跟當時的狼人T一樣，不由得身軀一顫。

滿佈激戰痕跡的二號車廂，被一個安卡（Ankh）的符號貫穿，顯見安卡之箭的威力是多麼強橫恐怖！竟然在瞬間掃滅了整車的酷刑人軍團！

而在安卡之箭的圓心，一個男人滿身是血，躺在地上。

「J隊長……」少年H快步上前，輕輕嘆了一口氣。

蒼蠅王露出極度惋惜的表情，摸了摸躺在地上獵鬼小組隊長J的屍體。

突然，他的眼神露出一絲驚異。

他迅速拿出掛在腰際的手機，微一沉吟，撥出了電話。

「地獄醫學局嗎？」蒼蠅王說道，「我要你們馬上派人過來，這裡有名『重傷患』需要你們的醫術。」

電話那頭不知道說了什麼，蒼蠅王臉色沉了下來。

「我知道醫學局不處理普通傷患，無論如何，都算是賣我蒼蠅王一個面子，這人不能讓他死！絕對不能讓他死！」

掛上電話，蒼蠅王冷酷的表情，注視著J，然後緩緩嘆了一口氣。

「麻煩，這下子欠華陀那老小子一個人情了。」

「蒼蠅王，謝謝你。」少年H微笑。「J如果死了，可就真的魂飛魄散，他最後一個願望，也就不能實現了！」

「嗯，這次真的欠你們一次，沒有什麼好說的。」蒼蠅王身手在少年H的肩膀上拍了拍。

「走吧，我們去車頭。」

「嗯。」

蒼蠅王和少年H一踏進車頭，就察覺氣氛不對。

武裝部隊和醫療小組正緊急搶救生還者，少年H游目四顧，首先看到的是，臉上覆著白布的幽靈騎士。

「幽靈騎士……」少年H站在他的屍體前，不由得噓唏。

「你這人雖然嘴巴賤了一點，但是我們都知道，你是一個外冷內熱的好人……」

「張師父，也許你不該替他難過，因為他在最後和蘭斯洛打了一場，換句話說，他是完成夙願才死的。」黑無常走到少年H旁邊，恭敬地一彎腰。「而且他死得很壯烈，而且很滿足。」

「啊，原來他完成了夙願。」少年H淡淡苦笑。「是啊，也許他是最幸福的一個也說不定。」

「H兄弟！這裡！我在這裡！」

突然，少年H聽到一個熟悉的聲音正在呼喚他。

這聲音不是別人！正是曾經與他一同闖過十、九、八、七號車廂的重要夥伴。

狼人T！

「狼人T！哈哈！你果然沒死！」少年H跑到狼人T的身旁，用力握住他的手。

此刻的狼人T躺在擔架上，身上是一層又一層的繃帶，還有幾名地獄醫療小組的人員，正忙碌地縫線抹藥，對狼人T的傷口做緊急處理。

「你看看我，被包的跟木乃伊一樣！」狼人T爽朗笑著：「等一下出去被誤會成木乃伊二十九，被毒打一頓怎麼辦？」

「你可是開啟黃泉之門的大英雄欸，誰敢打你？」少年H笑著說，「明天『地獄日報』頭版肯定是你的照片啦。」

「不不不……這個誤會大了！」狼人T聽到少年H這樣說，原本豪爽的表情一黯。

「咱們兄弟倆不打誑語，黃泉之門，確實不是我開的。」

「啊……那是……」少年H一呆，問道，「阿努比斯開的？」

「也不是，阿努比斯最後靈魂離開軀殼，剩下意識協助我打敗木乃伊，可是，沒有軀殼的他，是不可能打開黃泉之門的。」

「咦咦咦咦咦……」少年H驚訝的退了一步。伸出五根手指頭，一個一個數著。

「我們小組成員，我困守七號車廂，J重傷在二號車廂，吸血鬼女仍在八號車廂昏迷，幽靈騎士跟蘭斯洛同歸於盡，又不是你和阿努比斯，還會有誰？」

「是誰……？」狼人T雙眼閃過一絲迷惘，「我不知道。」

「你不知道？！」少年H露出不可思議的表情。

「少年H，事實證明，狼人T的確不知道。」這時，蒼蠅王走了過來。

「我們進到車頭時，這個車頭到處都是激戰後的痕跡，木乃伊二十九、阿努比斯，還有幽靈騎士和蘭斯洛的屍體，散落一地，而狼人T那時候正在昏迷。」

「等等！應該還有一個人吧？」少年H敲了敲腦袋，問道：「那個什麼……惡靈小丑……」

「惡靈小丑？」蒼蠅王微微苦笑，他伸手入口袋，拿出一張被揉得稀巴爛的鬼牌，鬼牌上赫然是昏迷的小丑圖樣。

「很明顯的，他現在沒有辦法回答任何問題。」

「那……」少年H說不出話來。「真的沒有人按下開關？難道鬧鬼了嗎？這裡是地獄欸！地獄也會鬧鬼……是不是有點誇張？」

「還有一個人可能知道。」狼人T說道，「他們現在正想辦法搶救阿努比斯的軀殼，等他復活，也許他有看到什麼……」

「嗯……結果是，地獄列車的任務好不容易結束，卻留下了一個最大的謎題囉。」少年H沉吟道。

「說實話，謎題可不只一個。」蒼蠅王淡淡苦笑，「八號車廂的牆壁是誰轟開的？德古拉伯爵和亞瑟王到哪去了？以及是誰讓這群凶神惡煞全上這台列車？目的又是什麼？」

「我這裡也有一個謎題。」黑無常插嘴說：「我在最後一秒，看到一個奇異光點竄入了地獄列車，我一直懷疑是不是自己眼花了。」

「如果是這樣，表示除了我們這群人之外，還有人在觀察這台地獄列車？甚至擁有不破壞列車就潛入的超級力量？」少年H沉吟。「能夠自在穿越這麼複雜的結界……會是誰呢？」

「不管是誰，我都會把他們的狐狸尾巴揪出來！」蒼蠅王冷笑。

「真是的。」少年H苦笑。「好複雜的結局。」

「對了。」這時候黑無常走了過來，手中揮著一張白紙，「張師父，你申請的調職令批准了，我就順便幫你帶來了！」

「謝謝。」少年H接過那張調職令，微笑。

「H兄弟！你要調職？」狼人T見狀，急忙問道。

「是啊！」少年H回答。

「那，那……」狼人T嘆了一口氣。「世界聞名的『曼哈頓獵鬼小組』不就到此為止了？」

「咦？狼人T，你意思是？」

「經過這次的任務，我也想回家看看了，我也想調職回倫敦。」

狼人T淡淡地說：「總覺得，要死也死在家裡比較好些，更何況，我也想回去…

……去某人的墓前獻一束花。」

「啊！你也要走！J退休？幽靈騎士陣亡，吸血鬼女昏迷，那……」少年H訝異。

「全世界的獵鬼小組中，首屈一指的『曼哈頓獵鬼小組』，終於要正式解散了！」

狼人T笑了起來，淡淡的惆悵。

「啊！」少年H有些黯然，「跟你們在一起奮鬥的時光，真的很快樂，我會記得，我們曾經是最強也最棒的獵鬼團隊的！」

「嗯。」狼人T也露出懷念的微笑，「對了，H兄弟，你接著要去哪？你也要回中國嗎？」

「說是，也不是。」少年H想到這裡，忍不住興奮的微笑，揚了揚手中的白紙，「我要去一個有炎黃子孫的血統，但卻不是中國的地方。」

「咦？這是什麼謎語？」狼人T疑惑地說。

「那個地方，叫做『台灣』。」少年H微微一笑，「是我下一個工作地點。」

The End

敬請期待地獄第二部「地獄遊戲」——台灣篇

外篇《狼人T之月下追兇》

前言

十八世紀末，在人類科技史被稱為一個躍進的世紀，在這個短暫的百年歲月中，一口氣跨越了人類耗盡數千年都無法突破的文明領域。

因為「蒸汽」被發明了，火爐燒碳產生的白色熱氣，竟然就可以供應整個城市的機械運作。

是的，這是「工業革命」登場的大時代，這是一個蒸汽和機械的時代，也是文明和強權的時代。

在這一百年中，女巫和古老魔法被人類所拋棄，喃喃的念咒聲，被沈重的機器運轉聲給掩蓋，這就是工業革命。

而工業革命的發源地，就是這個故事的舞台。

倫敦。

是的，這裡是十八世紀末的倫敦，是西方歐洲科技文明的起點。

也是終結一切浪漫魔法的最後墓地。

在這裡，曾經是創造了狼人……等無數怪物的神祕城市，如今都隨著這場工業革命而被人類遺忘。

但是，怪物們真的消失了嗎？

也許，怪物們只是在等待一個更好的登場時機而已。

外篇第一話《開膛手傑克》

一個男人，出現在倫敦的街道上，空氣冰寒，霧水凝重。

這個男人的身材相當高大，藏在斗篷裡頭的臉龐，釋放著令人膽寒的野獸氣息。

他有如一座深色石雕般立在街道上，他在等人，是的，今晚他在等人。

等一個連續殺了十七名女子的變態殺人狂，開膛手傑克。

這是第十七個晚上，第十七場獵殺與被獵殺，十七次生死一瞬驚險的決鬥。

也許，第十八次就是結束，也許……

這個開膛手傑克的來歷有沒有人知道，但是他的出場，卻讓整個倫敦都為之震動，因為他殺了第一個女子，就是白金漢公爵家族的二十歲小女兒。

開膛手傑克把這個荳蔻年華的純真少女的胸膛，像是剝橘子一樣剝開，露出裡面跳動的鮮紅心臟，然後用極為精細的刀法，在心臟上刺了一個米粒大小的字，Jack。

開膛手傑克的這個舉動，等若跟整個倫敦警察宣戰。

所有的警察掛上帶刺的警棍，安上火力強大的佩槍，牽著流著口水牙齒銳利的警犬，日夜不停地在霧都倫敦巡邏。

他們發誓要把開膛手傑克抓住，來宣告倫敦警界的憤怒。

但是警察們還沒來得及證明自己的憤怒，第二個受害者就已經橫躺在深夜倫敦的大馬路上了。

這女子，是年輕貌美的子爵夫人。

連一聲尖叫都沒有，開膛手傑克如同鬼魅的殺人手法，不僅讓警察們感到震驚，連居民都開始惶恐起來。

然後，第三名受害者出現了。一樣的死法，一樣是女子柔軟的胸膛被利刃剝開，然後心臟刺上一個小字「Jack」。

然後，倫敦警察瘋狂了。

倫敦警察一改紳士作風，如同瘋狗般挨家挨戶搜尋，而女性居民不敢在夜晚外出，只要這個恐怖的殺手還在瀰漫著迷霧的倫敦街道上尋找著獵物。

然後是第四個受害者出現，這個女子在夜晚到隔壁街道找個朋友，就這樣見了閻王。

居民恐慌，倫敦混亂，可是這個開膛手傑克卻像是食髓知味，毫無忌憚地繼續捕殺女子。

沒有人能了解傑克的真正動機，有人說他是一名精神病患，因為工業革命後，機器取代人工，導致大量人力失業，於是產生了殺人妄想症。

有人說傑克可能是一名屠夫，每日宰殺豬肉讓他產生幻覺，決定要拎起刀子走上街頭，把人當豬一樣砍殺。

也有人說傑克根本就是變態，不折不扣的變態，變態殺人哪要理由啊？抓起來吊死就是了！

這些推測繪聲繪影在倫敦大街小巷流傳著，警察沒有抓到真正的傑克，反而抓了一堆失業勞工、屠夫、理髮師父、以及看起來像變態的無辜老百姓。

無論警察多麼不擇手段亂槍打鳥地抓犯人，每天晚上一具開胸的女子屍體都訴說著一個不爭的事實，那就是……警察大人，您抓錯人了！

就在第十二天清晨，所有人的束手無策，紛紛想要遷離倫敦的時候，有個眼尖的記者C卻發現了一件事。

第十一天晚上的女子屍體有異樣！

雖然同樣是被無懈可擊的刀法所切開的胸膛，同樣是連一聲尖叫都來不及發出的慘死，卻有一點不同。

地上多了一個，拳印。

這一個拳印十分巨大，比正常成年人大了三倍有餘，轟在女子的屍體旁，把承受

無數馬車輾壓的寬大石板，狠狠炸出了一個大洞。

「這個拳頭大的好嚇人！」看報紙的人們竊竊私語，「難道開膛手傑克是個巨人嗎？」

「可是為什麼這次會留下這麼大的拳印？以前都沒有啊！」也有人提出質疑。「傑克殺人哪需要用拳頭，好像不對吧？」

就在人們感到困惑之際，第十三天清晨又是一名女子喪生，這次除了拳印之外，竟然還多了一個清晰的足印。

足印踏在石板上，竟然把石板整個踩碎，如果是落在人的頭蓋骨上，恐怕就是一片腦汁亂濺了。

而且，這位記者C更發表了另一個驚人的發現，那就是受害女子的心臟上，那四個字母只完成了三個，「J、a、c」……少了k！

這代表什麼？

倫敦人驚訝了，殺人機器傑克竟然漏刻了一個字？是失手嗎？還是另外有原因，而這個接連兩天出現的拳印和足印代表什麼？

第十四天清晨，又一名女子受害。

但是這一次不只是記者C，所有人都看出了異狀。

因為小巷的牆壁上，多了一個淒厲的爪痕。

這爪痕力量強勁，把牆壁上的磚頭像是豆腐一樣刨開，好像是某隻獅子或是老虎逃出了動物園，狂怒之下所對牆壁施展了攻擊。

這爪痕，是開膛手傑克幹的嗎？

還是另有其人呢？

這個人能連續三次出現在傑克的命案現場，是不是表示這個人和傑克有某種關連？甚至可能是……足以阻止傑克的另一個怪物？

沒有人知道，但是倫敦警察已經根據「拳印」、「足印」和「爪痕」進行了嚴密的調查。

這個人肯定是個身材極高的巨人，在倫敦，這樣的人遠比無聲無息的開膛手好更好找，不管這個人是不是傑克本尊，但是肯定和傑克有非常重大的關連。

然後是第十四天的清晨，記者C她以最敏銳的直覺，比警察快一步找到屍體，而她立刻察覺到眼前的不對勁。

兩個人，這裡的確曾經有兩個人。

一個是如鬼魅般，絕對不留下任何蛛絲馬跡的開膛手傑克，一個則是粗魯狂妄，把街道弄得一踏糊塗的兇暴怪物。

七八個拳印把倫敦巷道的牆壁打凹了一半，重重的腳印將把石板踢成碎片，更誇張的是，一道銳利的爪痕從屋頂直畫到地上，好像一把狂暴巨斧剛剛肆虐過街道。

這是一場激戰後的殘骸啊！記者C感到自己的心跳正在加快，她從事新聞業時間剛滿三年，正屬於半新不舊的過渡期，就在她對新聞那份熱情逐漸減弱之際，幸運的，遇到了這個令倫敦聳動的惡魔，開膛手傑克。

讓她一雙比誰都銳利的眼睛，比誰都大膽的勇氣得以發揮，而且更重要的是，老天待她如此不薄……竟然還有第二隻怪物跟在傑克後面出現！

更令她興奮的是，這兩個怪物不僅實力相當，顯然還是互相敵視！

而地上仰躺的女子屍體，宣告著兇暴怪物再度被傑克捷足先登，但是，顯然這隻兇暴怪物越來越逼近了開膛手傑克，因為，這一次傑克的得意簽名只簽了一個字母「J」。

被毀壞的街道也宣告著一件事，兇暴怪獸已經追上了傑克的速度，有足夠的時間發動猛烈的攻勢。

那天早上，倫敦的報紙的頭條這樣寫著：

「謎樣的怪物出現！是倫敦的希望？抑或是另一個災難？」

「號外！開膛手傑克終於遇到了對手！？一頭兇暴的野獸？」

「獵殺與反獵殺，工業之都倫敦成為怪物們的新獵場？」

不僅報紙用斗大的標題報導著「另一頭怪物」，連倫敦民眾也跟著瘋狂起來，連續兩週以來他們承受著開膛手傑克恐怖的壓力，終於找到了一個出口，一個新的希望。

不甘寂寞的倫敦黑社會，更是開了地下賭盤，賭著這兩隻怪物的對決，到底誰最後會成為泰晤士河的浮屍？

第十四天的晚上，正當整個倫敦的人都處在恐懼夜晚，和期待怪物戰鬥的時刻，又再度發生了令人們驚訝的的事情。

一聲淒厲的尖叫！

一聲驚恐的女子尖叫，如同在深夜清算冤魂的貓頭鷹低嚎，響徹了整個倫敦市。

開膛手傑克下手了！

記者C幾乎在同一時間從溫暖的床上跳下，將她如絲絹般的黑髮捆起，收在帽子後面，抓起放在梳妝台的大型相機，往外衝去。

雖然她刻意穿著男子裝扮，卻掩不住她與生俱來的姣好身材和一雙狡黠聰慧的大眼睛。

她的勇氣十分讓人佩服，因為她完全忽略了她本身的性別，也是被開膛手傑克獵捕的名單之一。

「尖叫！是尖叫！」她內心撲通撲通地跳著，「以往開膛手傑克殺人，哪裡會讓對方有機會尖叫？看來這次野獸怪物又往前邁進了一步！」

等到記者C衝到現場，現場已經聚集了為數不少的圍觀民眾，可是，出乎意料的是，現場卻是一片死寂，每個人都因為眼前的畫面，而深深震驚著。

而記者C發揮了她多年記者的經驗，利用她嬌小的身材鑽過了人群，來到了最前方，可是，映入她眼前的畫面，卻讓看慣血腥的她，都禁不住吸了一口涼氣。

地上躺著一名女子，金色的長髮在月光下閃爍，可能曾經美貌的面容溢滿了死前的驚駭，變得如同七八十歲一樣蒼老，最重要的是，那個開膛手傑克最愛的柔軟女子胸部……

不見了。

整個女子胸部都不見了，彷彿被一股怪力搗入，將女子胸口炸出了一個大洞，把她曼妙的身材轟成兩段。

這樣慘烈的畫面，表示開膛手傑克和野獸怪物，肯定在這裡進行過一場慘絕人寰的激戰。

到處都是濺開的血液和野獸的氣息，顯示著野獸怪物的強悍絕倫，但是，相形之下，比起野獸怪物的暴力傑克給人的驚悚感卻更上一層樓，因為無論在多瘋狂的戰鬥之後，鬼魅般的傑克卻依然什麼痕跡都沒有留下，彷彿從未有這個人來過這裡似的！

無論是一根頭髮，一個指甲細屑，甚至一點點氣味。

開膛手傑克都非常巧妙的把它掩蓋掉，所以才讓倫敦最自豪的警犬靈鼻也都束手無策。

倫敦人開始低語，難道開膛手傑克不是人，而是冤魂嗎？不然怎麼可以這樣如鬼魂般不留痕跡？

記者C卻不這樣認為，她認為野獸怪物已經一步一步逼近了開膛手傑克，如果傑克再不收手，終有一天會露出狐狸尾巴。

到時候，兩頭潛伏在倫敦霧夜的可怕怪物，將會同時現形，甚至還會出高下。

第十四天的傍晚時分，記者C她又再度挽起長髮，戴上帽子，拿起相機準備出門，某種程度來說，她也是獵人，別人的武器是獵槍，而她的獵槍卻是一台相機。

正當她要出門的時候，她的背後傳來了一個溫柔的女子聲音。

「西兒，等等。」

記者C聽到這聲音，這一瞬間她伸出去的腳停在空中，像極了剛被媽媽發現偷吃糖的小孩。

「西兒，夜深了，你要去哪裡？」那女子聲音說。

西兒，也就是記者C的小名，她露出調皮的笑容，慢慢轉身。

「貞姐。」西兒笑著。「我去跟隔壁賣雜貨的萊恩拿點東西。」

「現在幾點了？妳知道嗎？」貞姐雖然話中有責備的意思，聲音卻依然委婉動聽。「妳不知道入夜之後是傑克殺人的時候嗎？」

「我知道。哎呦！貞姐～」西兒撒起嬌來，嬌媚可人，完全看不出她是連續幾次搶先報導傑克，多次深入濺血暗巷的辛辣記者。「我不會那麼倒楣啦。」

「不會那麼倒楣？」貞姐歪著頭，責備的語氣中難掩的關心，「西兒，妳知道現在是我們兩個人相依為命，如果妳出了事情，妳要留貞姐一個人在世界上嗎？貞姐的眼睛不好，將來老了還要靠妳啊！」

「貞姐……」西兒心軟了起來，她對貞姐有一份無與倫比的感激，因為西兒原本是一個無父無母的孤兒，全靠貞兒把她從破敗的街道中撿起，然後慢慢撫養長大，對西兒來說，貞姐不只是救命恩人，還是一個如同母親的存在。

更何況，西兒知道，貞姐的眼睛是看不見的。

貞姐能在完全瞎眼的狀態，將西兒撫養成人，可見她的偉大和堅毅。

為此，西兒實在不想傷貞姐的心。

可是，西兒望了望窗外那輪橢圓的月亮，快月圓了……是啊，再三天就要月圓了，西兒有一種奇怪的預感，傑克和野獸怪物的對決，會在月圓這幾天做一個結束，換句話說，這幾天她一定要掌握這兩隻怪物的行蹤和來歷才行。

西兒從小就擁有異於常人的敏銳直覺，這樣的直覺幫助她在新聞這個行業中，屢次搶到重要報導，而西兒的直覺更在這幾天到達了高峰，她肯定，這個驚動倫敦的恐怖事件，會掀起另一波高潮。

「不可以去。」貞姐搖頭。

「好啦，貞姐我不去就是了。」西兒收起手上的相機，笑嘻嘻地說。

「嗯，這才是我的乖西兒。」貞姐長長吐了一口氣。「妳不知道妳對我有多重要。」

「知道。」西兒伸出雙臂，和貞姐交換了一個溫暖的擁抱。「我還記得貞姐以前唸童話給我的時候，我也最喜歡貞姐囉。」

「知道就好。」貞姐微笑。「今晚要我唸童話給妳聽嗎？唸妳最喜歡的小紅帽和大野狼？」

「才不要，我又不是小孩子了，呵呵。」西兒嘻嘻一笑。

就在擁抱的時候，貞姐那雙失去視力的眼睛，則完全沒注意到，西兒偷偷吐了吐舌頭。

吐舌頭，正是西兒準備要搗蛋的表情。

兩個小時之後，倫敦的一棟屋子外面，一個人手裡抓著相機，身手俐落地從二樓窗沿翻了下來。

她不是別人，正是西兒。

她雙腳落地，回頭對房子內調皮一笑，「貞姐，對不起啦。」

可是，西兒卻不知道，也許這一次聽貞姐的話才是對的！因為在她的眼前，正有一個超乎想像的事件，等待著她……

西兒沿著月光慢慢前進，突然她心裡忽然傳來一陣怪異的感覺，她瞬間做出了判斷，「出事了！傑克動手了！」

西兒沒有猶豫，手裡抓著相機，往前方急奔而去。

暗巷。

就是這條暗巷。

十分鐘不顧一切的狂奔，西兒終於抵達了這條暗巷的前面，她感覺到自己的呼吸因為急奔而混濁著，而空氣中散發著濃厚的血腥味，昭告著這裡的確是命案第一現場。

傑克還在嗎？野獸怪物還在嗎？

西兒除了是一個專業機敏的記者外，其實她還是一位童話和怪物迷，她內心渴望著見到真正的非人怪物，同時對於工業革命造成魔法的消逝感到一絲怨懟。

她希望見到怪物，並且讓牠們成為她筆下人物，呈現在世人的面前，打破科學的迷思。

所以，她絲毫不懼怪物，反而深吸了一口氣，大膽往前走去，纖瘦的身體慢慢消失在暗巷的黑暗中。

黑暗中，等待西兒的，究竟是一幅什麼樣的圖像呢？

是一具屍體。

一個棕色短髮的女性，歪著頭半躺在暗巷的牆緣，珍貴的血液像是免費似的，到處噴灑，炸出一個又一個豔紅色的花瓣。

女屍的胸口被利刃切開，鼻子被削去，雙眼大睜，在痛苦中咬牙切齒死去。

「好殘忍的開膛手傑克！」西兒嘴裡喃喃念了一聲。

『好殘忍的開膛手傑克！』一個聲音突然響起。

西兒身體一顫。

這句話是誰說的？

『這句話是誰說的？』這個奇異的回音再度在晦暗的小巷中響起。

「你是誰？」西兒猛然轉身，她的背後哪有半個人？

『你是誰？』那聲音又重複道。

「你是誰？為什麼會重複我的話？連我心裡的聲音都知道？」西兒的聲音開始顫抖。

『你是誰？為什麼會重複我的話？連我心裡的聲音都知道？』

「你是誰！」西兒大聲尖叫，她眼角往後一瞄，竟然看見那個女屍的手指動了一動。

『你是誰！』那個聲音仍在重複著西兒的話，而西兒只覺得呼吸困難，這是鬼魂嗎？還是什麼驅之不散的怨靈？

這個應該是科學之都的倫敦，為什麼會變成這樣？

正當西兒感到驚懼的時候，在她眼前的黑暗中，突然浮現了一個笑臉。

這笑臉十分詭異，沒有臉，沒有身體，只有一個咧笑的嘴巴和閃閃發光的白牙。

『微笑貓，不要跟小女孩玩啦。』

就在西兒感到呼吸困難的時候，她的背後又傳出了第三個聲音，這個聲音低沈有力，一出口就撫慰了西兒驚恐的心情。

「啊！」西兒轉頭，看見了一名男子竟然無聲無息在黑暗中出現，男子的身材極為高瘦，一身勁挺的黑色西裝。好帥！一種單純由美好身形透露出來的帥！

「喔，女孩，妳感覺得到我們？」那名男子微笑。「所以妳也是有靈力的人嗎？」

「靈……靈力？」西兒一愣。

「妳不懂嗎？」男子眼神閃過一絲詫異。「所以是沒有透過靈修，天生的靈能力者？天生靈力者，能到這個程度，很少見啊！」

「靈能力者？這是什麼意思？」西兒困惑地說。

「你覺得呢，微笑貓。」那男人說。

「喵。」微笑貓的臉一直到此刻，才整個從黑暗中浮現出來。「她是被影響的。」

「被影響的？你是說，這女孩可能是被某個東西或是某個人影響，才擁有過人的靈力嗎？」男子雙手扠腰，優雅的身形讓西兒忍不住一直凝視著他。

「麻煩啊，喵，要調查嗎？」微笑貓依舊保持著笑臉：「嘿，我們可是只接到一個任務，要擔任額外的任務，那肯定要跟曼哈頓總部多要一筆收費喔。」

「不，暫時不管這女孩的靈力來源。」男子沉吟了一會，「先別節外生枝，一個紅心傑克已經夠棘手了。」

西兒呆呆地看著這一人一貓在對話，她覺得自己彷佛置身夢境，優美到讓人眩目的男子，還有一頭會說話的貓？

「小女孩，你要特別小心。」男子走到西兒的面前，輕輕摸了摸西兒的頭。「傑克特別喜歡吞食有靈力的靈魂，所以妳現在特別危險，聽我的話準沒錯，晚上盡量不要出門。」

「你……你們究竟是誰？」西兒強忍住內心的恐懼，追問道。

「我們啊，喵～～」微笑貓發出長長一聲貓叫，悠長的貓音讓西兒打了一個寒顫。

「喵～～我們是頂頂有名的曼哈頓獵鬼小組啊！」

「曼哈頓獵鬼小組？」西兒從未聽過這樣的組織，猛然一愣，她眼前的兩個人卻突然像是水紋一樣，波一聲，完全消失了蹤跡。

曼哈頓獵鬼小組？西兒困惑。這究竟是什麼呢？他們說的靈力又是什麼？而他們和傑克與野獸怪物，又有什麼樣的關連呢？

西兒抬起頭，看著空中皎潔的月亮，突然間，她有一種山雨欲來的強烈預感。

這個工業革命的發源地倫敦，到底來了多少個「怪物」呢？

接下來，還會發生什麼驚天動地的故事呢？

外篇第二話《狼人T》

第十五天的清晨，報紙再度針對開膛手傑克的連續兇案，做了大幅報導。

不過報紙的篇幅，卻越來越多寫到「野獸怪物」。

其中一名動物學家更針對現場遺留的野獸毛髮進行分析，然後他發表了一個驚人的事實。

這隻野獸，其實是一頭狼。

「還是一頭老狼。」這個科學家信誓旦旦地說：「一隻活超過一百歲的老狼。」

報紙更將這頭怪物命名為「狼人」。

但是，就在各大報紙懷著興奮的心情討論著，狼人和開膛手傑克兩頭怪物對決的時候，原本搶著第一手報導的西兒卻沉默了。

因為那兩個曼哈頓獵鬼小組的人員，讓她心中犯上了疑，她一整天都埋在圖書館裡面，在如山的書櫃前進進出出，試圖從她的記憶片段中找到這兩個人的確實圖像。

喜愛童話的她，對這兩個人的形貌，有種奇異的熟悉感。

直到傍晚，當西兒闔上了書，她的臉上既是疲憊又是驚訝。

因為她找到了其中一個怪物的出處，沒錯，這是一個不該出現在現實世界的虛幻生物。

在西兒雜亂的筆記紙上，潦草的寫著一行字。

「微笑貓，愛麗絲夢遊仙境。」

當西兒收拾好行李，離開圖書館的時候，天色已經一片昏黃，即將入夜了。

「好濃的霧。」西兒打了一個哆嗦，今晚的霧讓她覺得相當的不安，也讓她想起了那兩個神秘人物對她說的：「開膛手傑克會找靈力特別高的女性，所以妳特別危險！」這句話……

西兒調整了掛在肩膀上的包包，眼前的霧已經讓能見度降到了最低，一片白朦的天地中，只有幾盞街燈發出微弱的光芒，遠遠望去，像極了飄在空中的深黃鬼火。

不安的情緒讓西兒加快了腳步的速度，卡！卡！卡！，她的鞋跟踏在倫敦道路的石磚上，發出急促而沉悶的聲響。

西兒只覺得濃霧中，似乎飄蕩著什麼東西，那不是真實的物體，是更虛幻，更接近怪物的氣息，隱隱飄蕩著。

就在她越走越快，眼前的濃霧中陡然出現了一個影子，這個影子又高又大，竟然比西兒高了整整一倍。

「啊啊啊啊！」西兒發出了尖叫，跌坐在地上，「怪物出現了！」

黑影形狀怪異，下身肥大，上身瘦小，四條腿踏著紛沓的步伐，昂首挺胸朝著西兒直走而來。

而影子一晃，對西兒越靠越近，越靠越近，終於露出了它的全貌……

「小姐，這麼晚了妳在幹嘛？」黑影怪物的上半身，不，應該說是一個戴著帽子的倫敦警察，皺眉說。

而這頭「怪物」的下半身，所謂的四條腿怪物，則是一匹鼻子噴著暖氣的大棕馬。

「我、我、我……」西兒試圖平復驚嚇的心情，「我……」

「這幾天開膛手傑克出沒，倫敦一到晚上就變得危險無比！」警察語氣嚴峻，高加索人種的高鼻藍眼皺了起來，顯然對於西兒的行為相當不滿。

「對、對不起……」西兒低頭。她的心跳慢慢平復了，原來是騎著馬匹的警察，她疑心生暗鬼，竟然把他當成了怪物。

「快走吧，今晚霧很大，說不好傑克又要動手了。」警察低哼了一聲，策馬向前，高大的身體慢慢消失在濃霧之中。

「嗯，」西兒抓起落在地上的包包，起身，正想往前走去，突然……

一點不對勁的感覺湧上了心頭，西兒猛然往後看去。

剛才消失在濃霧之中的騎馬倫敦警察，動也不動，立在她的背後。

「怎麼了嗎？警察先生。」西兒看著背後那高大的黑影，提聲問道。

警察和馬只是立著，沒有反應。

「怎麼了？警察先生，您看見什麼了嗎？」西兒鼓起勇氣，又問了一次。

淒慘的白霧中，警察和馬匹依舊沉默，連馬匹慣有的噴氣聲都消失了，只剩下一轟高大的影子而已。

「警察……先生……」西兒聲音微微發顫，她的腳卻禁不住地往後，挪移了半步。

啪沙，嘩啦。

就在西兒往後踩一步的同時，她發現了腳下的異樣，她的腳跟竟然踩進了水裡，一個薄薄的淺水坑。

只是，這水坑是什麼時候出現的？西兒愣然，她換了一隻腳，又是「啪沙，嘩啦」一聲。

然後，西兒像是想到了什麼似的，彎下身，用手指在地上一摸。西兒大吃了一驚，因為她指尖上的「水」竟然是……血。

『女孩，把頭低下！！』

這一聲怒吼，宛如野獸咆哮，在濃霧中顯得特別威嚴有力，西兒身形一震，下意識將頭伏下……

就在這一剎那，她感到有東西潑了過來，那像是一大盆溫暖的水，水中又夾著柔軟的物體，而物體裡面，混雜著令人作嘔的氣味⋯

是血的氣味！

西兒還來不及反應，喉嚨就發出了淒厲的尖叫！

因為剛才潑到她的東西，不是別的，正是一大片被怪力攪成碎片的血肉，而且當西兒一抬頭，馬上就知道這片血肉的主人是誰了……是剛才還威風凜凜的倫敦警察啊！！

在這片血肉四濺中，一個高瘦的男子身影，破出血霧，直撲了過來。

西兒震驚，她的雙眼沒有辦法離開的是那男子的雙手，因為那根本不是雙手，而是一對發出銀光的刀子。

「開膛手傑克！」西兒雙眼大睜動彈不得，腦海中瞬間閃過這個名字，沒想到真的被那兩個獵鬼小組的人猜中，傑克的目標是她。

銀光太快，西兒還沒來得及動彈，她就感覺到胸口一陣冰涼襲來。

死了嗎？西兒驚恐，我死了嗎？

第十五個晚上的屍體，竟然是我嗎？

而那個聲音！那個剛剛才對西兒發出警告的聲音，再度響起了。

「女孩，往右邊！」

也許西兒真的沒有退路了，也許西兒深受這個低沉男音的吸引，她一晃，在這片電光火石之中，將身體用盡全力地右傾。

只是一剎那，戰局立刻逆轉。

就在西兒往右邊靠的同時，她的左後方，濃霧中探出了一隻爪子。

五根粗獷卻是銳利的爪子，飄著濃厚的野獸氣息，夾帶兇暴的氣勢，迎向了開膛手傑克的刀子。

錚！

刀子碰上爪子，火花擦過，濺得西兒左臉生疼，可是這個疼痛的感覺卻讓西兒清醒了過來，我還活著？啊！我還活著！

是那個聲音的主人救了我？

就在西兒恍惚的瞬間，她感覺到自己的背部碰到了一個寬闊溫暖的物體。

這如同牆壁般的溫暖物體，給了西兒強大的安全感，尤其是物體深處傳來規律而沉穩的心跳，更讓西兒幾乎忘記自己正處在極度兇險之中。

這是胸膛，一個高大男子的胸膛。

西兒仰起頭往後看去，映入她眼中的是一個滿臉鬍渣的男子，男子極為高大，臉上盡是野獸暴怒時候的猙獰面容。

「啊，你是？」西兒看見這猛獸般的男子，一股奇異的安心感，卻讓她絲毫不害怕，低聲問道。

「小姐，等一下很危險，請妳躲好。」野獸男子說：「這個傑克，是個很厲害的怪物！」

「哎啊，我正在問你名字呢。」西兒追問，她完全沒有注意到，自己在這個危險時刻仍追問對方名字，未免有些唐突。

「我的名字？」野獸男子抓了抓頭髮，「你們報紙稱我為狼人，而我沒有全名，只有一個字母，T。」

「所以，我究竟該怎麼稱呼你？」西兒繼續追問。

「嗯，都可以。」高大的狼人皺了皺眉，這小女孩雖然囉唆，奇怪的是，狼人自己卻一點都不討厭，是怎麼回事呢？

「那我決定了，從今天開始，」西兒驚恐的表情散去，甜美的笑容如花朵盛開，「我叫你狼人T吧！」

瀰漫著濃霧的倫敦，空氣中蕩漾著廝殺之後的血腥氣息。

身材瘦長的開膛手傑克，冷冷地瞪視著眼前的這兩人，歪著頭，顯然在思考著。

西兒一直到此刻，才有力氣去觀察眼前這個連續虐殺十四名女子的兇手，傑克身材高瘦，手臂長得不成比例，身體微弓，好似有些自卑又好像隨時處在一種待命攻擊的狀態。

傑克雙手握住兩把形狀特異的刀子，刀身跟手肘等長，純銀刀質，但是，在西兒眼中，那兩把刀子卻怎麼看都不對勁，它本身似乎不是實體，而且像是活體一樣緩緩蠕動著。

而傑克的臉更讓人訝異，因為西兒無論怎麼努力，卻都看不清楚臉上的五官，在這片深霧中，傑克的五官彷彿蒙上了面紗，只有一雙深邃的瞳眸洩出灰色光芒，西兒忽然明白了，那是飢餓的光芒。

而反觀西兒身邊的狼人T，粗獷巨大的身體和纖瘦的傑克形成強烈的對比。

雙方都在等待，雙方都在打量著，宛如一隻兇狠的野狼和銳利的獵豹在草原上對峙。

「看起來很好吃。」傑克今天晚上第一次開口，就吐出了讓人費解的一句話，同時他舔了舔舌頭。

然後，雙方出手。

事實上，這已經不是西兒能「看清楚」的速度範圍，只見兩個人一觸即走，立刻交換了數十招。

狼人T發出震耳欲聾的怒吼，每個動作又大又猛，拳風亂掃，連西兒都可以感受到狼人T揮拳的力道。

而反觀開膛手傑克，卻像是一台沉默卻精密的切割機器，在狼人T的拳頭風暴中進出突襲，如入無人之境。

「啊！」西兒發出了低呼，因為她發現自己的臉上被幾滴水滴噴上了，她伸手往臉上一抹，她愕然了，在她手掌心上映著月光的，是鮮豔的朱紅色。

是血！

所以，有人受傷了！

可是是誰呢？狼人T還是傑克？

西兒抬頭，她知道這滴血珠是誰的了，因為她看見了剛才挺拔的狼人T倉促後退，伴隨著一聲低吼。

然後，傑克雙手的刀光霍霍，在空中畫出複雜的銀光圖形，往狼人T逼近了一步。

「不可以！」西兒發出尖叫，等她意識到自己的動作，她已經整個人撲了過去。

我傻了嗎？西兒的行為連自己都感到吃驚，她怎麼是這兩頭怪物的對手，她貿然進入攻擊圈中，根本只是被捲成肉醬的份啊！

可是，她竟然像是傻了一般，只是看到狼人T受傷，就毫無顧忌地往兩個人中間跳了進去。

傑克如機器的表情有些詫異，但是不影響他精密的切割工程，發著森然冷光的刀子，捨下了狼人T，轉向西兒攻去。

「啊！」西兒感覺到她眼前的刀子像是慢動作般，在空氣中畫出華麗而戰慄的圓弧形，對準自己的胸口落下。

「死定了！」西兒眼睛閉上，這瞬間，她想到了辛苦撫養自己長大的貞姐，兩個神祕的曼哈頓獵鬼小組，最後，她腦海的畫面卻停在一個高壯男子的胸膛上……一個如野獸般的男人，狼人T。

可是意外的，閉著眼睛的西兒卻始終沒有等到刀子，冰冷的觸感沒有落到自己的胸膛，時間彷彿靜止了，靜止了……

直到，西兒小心地、緩慢地、輕輕地，把眼睛睜開了一小角。

在那如細縫的視角中，西兒看到了一幅震撼無比的畫面。

高壯的男人已經不見。

而剛才威風凜凜的傑克竟然被逼退了，退的有些狼狽。

飄著濃霧的暗巷街道，少了狼人T，卻多了一頭兇猛巨大，全身都是棕色長毛的怪物，有如夜之鬼神，月下兇獸。

這隻怪物速度比狼人T快了足足一倍，爪子更利，搭配著粗大的獠牙，和開膛手傑克一路纏鬥，並且將其一路逼退。

「怎麼回事？狼人T呢？這像大狼的怪物又是怎麼回事？」西兒腦袋一片糊塗，一望眼，她看見了天空橢圓的月亮閃耀著陰柔的黃色光芒。

她有預感，這頭狼獸一定和月亮有關。

「女孩！快閃開啊！」

就在西兒發愣之際，她耳中又聽到了那個粗獷的男音。

閃開？西兒猛然把眼光從月亮中移開，她的眼前白花花一片，像是數百台鎂光燈同時對她燃起了火光。

這片白光，是傑克雙手刀組成的華麗光網。

「從第一天到現在，就屬這個女孩的靈力最高啊！」傑克冰冷的聲音，透露著讓人戰慄的貪婪。「美食啊！」

西兒完全動彈不得，因為傑克不知道用什麼方式擺脫了狼獸的猛攻，雙手的刀光快速閃動，完全封鎖了西兒的視線。

死亡的感覺，竟如此貼近在西兒的眼前。

這次，我逃的掉嗎？西兒自問。

錚！西兒聽到了一聲像是緊繃的弦被突然切斷的聲音，清脆而響亮，在滿是濃霧的暗巷，震人心魄。

然後熱辣辣的液體，濺上了西兒的臉龐，這一次她不用猜測，就知道這是誰的血。

因為白光已經在西兒的面前整個散開，露出傑克吐血的畫面，縱橫倫敦十五天，如同無影妖魔的開膛手傑克，終於受傷了。

但是，這個傷，卻是另一個人用更重更慘烈的傷換來的。

那頭狼獸，此刻正站在西兒的面前，牠的右手臂上是泉湧的鮮血，這是牠硬闖入傑克的刀光中，搶救西兒所必須付出的慘重代價。

而隨著狼獸的血液不斷流逝，牠高挺尖銳的狼身竟然慢慢縮小，滿臉橫毛也逐漸縮退，尖銳的獠牙變成了普通的白牙。

這個瘋狂的狼獸，竟然是剛才那個粗獷的男人，狼人T！

「你……」西兒愣住了。

「沒事吧？」狼人T看著西兒，兇暴的臉龐中卻有著隱藏不住的溫柔。「妳沒事吧？」

「我……沒事。」

「現在情況很糟。」狼人T滿是鮮血的臉龐露出苦笑。「我的傷比傑克重了好幾倍，肯定打不過他了，我會拖延住他，妳要拚命跑才行。」

「我……你是為了保護我嗎？」西兒看著染血的狼人T，不但沒有退縮，還伸出手輕輕摸著狼人T身上的傷口。「所以才會受這麼重的傷？」

「不全然是。」狼人T苦笑。「這個傑克太厲害了，就算我變成全狼也不是他的對手，我現在還不懂，他為什麼每次都可以從我的攻擊網中突然消失？」

「消失？」西兒想到，剛才她還看到狼人T和傑克正在激戰，可是只一個恍神，還落在下風的傑克就如同鬼魅般出現在西兒的面前。

難道，這個傑克擁有特殊的能力？

「我本來想等到三天後的月圓，再來全力對付他，不過看樣子太遲了。」狼人T苦笑。「放心吧小女孩，妳儘管跑，這次我不管如何都會留下他的！」

「太遲了啊！」這時候，狼人T和西兒兩人的背後響起一陣陰冷的聲音，正是取得完全優勢，好整以暇的開膛手傑克。「因為你們今天晚上都會死在這裡。」

「放屁！」狼人T怒斥一聲，轉過身來，全身肌肉鼓起，受傷的他氣勢依舊驚人，猶如一尊浴血的戰士銅像。

「一個是靈力飽滿的美味女孩，一個是難得的月下狼人……」傑克伸出長長的舌頭，舔著手中銀刀上的血漬。「吃了你們，我就大功告成了，呵呵，沒想到來到倫敦，除了完成任務之外，還有這麼豐碩的收穫啊！」

「任務？」狼人T冷冷地說：「傑克，你來到倫敦的目的究竟是什麼？」

「我討厭和快死的人解釋事情的始末。」傑克咯咯笑著，「因為我最喜歡『死不瞑目』了，我要你們抱著遺憾死去，這樣的微苦微酸的心臟才美味啊！」

「混蛋！」狼人T聽完勃然大怒，不顧傷勢，雙手的爪子倏然伸出，撲向傑克。

「你不是我的對手，難道你不知道嗎？我們交手十幾天了。」傑克冷笑，然後躍起，他身體柔軟無比，加上快如閃電的速度，反觀狼人T失去了變身能力，又是帶傷之身。

才一晃眼，狼人T身上又多了七八道傷痕，鮮血濺了滿地，在地上畫出一個又一個圓圈。

石子地上數十個血紅圓圈的中心，一頭怒狼張牙舞爪，狂嘯突襲，卻掩不住孤狼浴血，窮途末路的悲愴。

這一次，連西兒都看出傑克在玩弄狼人T，就像一隻貓在吃老鼠之前，會反覆玩弄獵物，直到獵物精疲力竭，完全喪失鬥志，再一口吞噬它。

「可惡！」西兒感到全身無力，狼人T要不是因為要保護她而身受重傷，也不會落到這般田地！

「小女孩！逃啊！」狼人T背影發出怒吼。「我在這裡撐著！妳快點逃啊！」

「不要！」西兒發出悲鳴，「我不要逃！」

「妳這個笨蛋！」狼人T在血河中發出暴怒的聲音，「快走啊！妳身負靈力，是傑克的美食啊！」

「啊？！」西兒抬起頭，像是忽然想到了什麼，她身負靈力？那她只要找到身負更強靈力的高手就可以了，不是嗎？

「快走啊！」狼人T怒吼。同時用力一衝，撞向傑克，狼人T這奮死一衝，發揮了極限力量，傑克猝不及防，竟被狼人T攔腰撞倒，兩人滾成一團。

「好！」西兒奮而起身，發足狂奔起來，她為什麼願意離開？並不是因為她要捨棄狼人T，而是她知道她該去找誰了！

除了傑克和狼人T之外，還有兩個跨越了現實和虛幻的怪物，此刻正在倫敦……

曼哈頓獵鬼小組！

外篇第三話《曼哈頓獵鬼小組》

深夜濃霧中，西兒拼命地跑著，她這輩子從來沒有跑得這麼瘋狂，這麼全心全力過，因為她知道，她一定要替狼人T把援軍帶回去。

她從第一眼看到狼人T開始，就知道，這個高大粗魯的男人是個好人，外表雖然兇暴，卻有著比誰都溫暖的胸膛和心地。

如果說，開膛手傑克是懷著惡意入侵倫敦的怪物，而狼人T就是在倫敦成長的守護者，只是，現在這位守護者已經生命垂危，唯一的生機就在西兒的手上。

如果她能找到曼哈頓獵鬼小組……如果……

西兒的腳步停了，她老早就甩掉了扎腳的高跟鞋，赤著腳站在冰涼的石板路上。

她停了，因為她到了昨天發生謀殺案的巷子，西兒不確定是否能在這裡找到那兩個怪物，但是，這裡已經是她唯一的希望了。

西兒跪下祈禱，「如果，這個世界真的有神的話，請讓我找到他們吧！」

這個世界有神嗎？

有嗎？

西兒用盡全部嗓子的力氣大喊，「曼哈頓獵鬼小組！快出來啊！」

快出來啊！

「有人需要你們拯救啊！」西兒乾啞的聲音在濃霧中迴盪著，卻始終沒有回應。

「求求你們啊，快出來啊！」西兒喊到後來，聲音已經微帶哭音，「天啊，上帝啊，你不該讓狼人T這樣好的怪物死在這裡啊！不該讓他死掉啊！」

「神啊，求求你啊……」西兒用力哭了起來，「難道這世界真的沒有了神嗎？」

『嘿，這個世界真的沒有神嗎？』

忽然，一個低沉的聲音，從黑暗的角落飄了出來。

西兒身體一震，她猛然抬頭，剛才的聲音……是自己聲音的回音？還是……

『剛才的聲音……是自己聲音的回音……還是……』

西兒又聽到了，這個聲音的確在重複她的話語，是了！就是了！

『是了！就是了！』那聲音繼續重複道。

「微笑貓！」西兒大喊。「有人需要你們的幫忙！」

『微笑……咦？』這個聲音重複到了一半，突然啞了。『嘖嘖，妳小女孩竟然知道我的身分？』

然後，黑暗中那個牙齒的笑容浮現了，接著是臉，然後是整個貓臉，最後全部的身體都露了出來。

微笑貓，一隻浮在半空中，擁有超覺靈力的貓，同時也是動物靈能力者中的佼佼者。

也是在愛麗絲夢遊仙境中，狡猾調皮和充滿智慧的怪貓。

『小女孩，妳幹嘛這麼慌張啊？』微笑貓說：『附帶一提，這世界真的有神喔，在這個地獄系列故事中，神是真的存在的喔。』

「傑克，傑克……」西兒從剛才聲嘶力竭的大喊，到現在乍見微笑貓的驚喜，一口氣差點喘不過來。

「傑克？」另外一個人也在黑暗中出現，依舊帥氣到讓人無法逼視。「妳在說的是他嗎……？」

「刀子……」西兒幾乎要昏厥。「他會用刀子，求你快去救狼人T，救……」

「刀子！」微笑貓和西裝男人互看了一眼，「用刀子的男人，那就是了！」

「求你們……」西兒心神俱疲，身體軟倒，卻被男子一手抱住。

「微笑貓，你有辦法沿著她的氣味，找回出事的地點嗎？」男人處變不驚，看著他的夥伴。

「可別小看我。」微笑貓說：「嘿嘿，我在成為獵鬼小組之前，可真的是一隻貓啊！」

「哈哈，」男人爽朗大笑，他的西裝突然裂開，露出裡面深綠色的獵裝，而他的背上莫名多了一把長弓，和一盒長箭。「那我們還等什麼？」

「是啊！」微笑貓依舊微笑。「我們去把傑克，不，應該說是黑榜上的紅心傑克，給逮捕歸案吧！」

此刻的狼人T，正仰躺在石子地上，他的眼睛直視著天空的月亮。

他的血液流成了一片血池，而狼人T就浸在血池之內，隨著周圍血液溫度的降低，狼人T感覺到自己生命正慢慢流逝著。

「我快死了嗎？」狼人T問自己。「我快要離開最愛的倫敦了嗎？」

倫敦，是他出生的地方，也是他成長的地方，從他還在襁褓的時候，他就開始熟悉這片土地了。

那終年不散的深霧，那彬彬有禮的人們，那滾滾流動的泰唔士河，還有每個月都會綻放黃色光芒的月亮……對狼人T來說，都是最深刻最依戀的回憶。

他沒有父親，也沒有母親，除了和他一樣特殊體質的朋友。

直到有一天，他發現自己擁有比朋友們強大的力量，尤其在月圓的時候，他全身會冒出棕色的長毛，變成一頭駭人的野狼。

他不知道自己為什麼會如此，沒有人告訴他，可是他從原本的害怕和逃避，慢慢地學會了善用自己的力量，他可以保護朋友，他可以暗中幫助人類，甚至成為倫敦都市的地下守護者。

別以為狼人T這段成長的歲月過得很輕鬆，其實剛好相反，因為他花了好幾百年才逐漸明白，這才是自己真正的天命。

不過，倫敦的和平卻在一天全部被打破了，當他看見了倫敦暗巷中躺著一名女子屍體。

這女子很漂亮，狼人T很少有機會見到這麼美麗的女子，但是，這女子死了，而且還死得很慘。

她的胸膛被剝開，豔紅的血跡流淌在白嫩的胸脯上。

原本該撲撲跳的心臟，赤裸裸露了出來，停了。

然後，狼人T震怒了。

他從來沒有像此刻這麼憤怒過，因為他感覺出兇手的力量。

是另一頭怪物，是跟狼人T一樣擁有超凡力量的怪物！

於是，狼人T開始展開他的逐獵之旅，他發揮天生野獸的靈鼻和直覺，緊緊躡在殺人兇手的背後追著，發誓要抓出這個來歷不明的怪物。

第二天，第三天……第七天，第八天……第十天，第十一天……

終於，狼人T追上了這個殺人怪物。

開膛手．傑克。

狼人T必須承認，當他第一次見到傑克的時候，他全身發抖，動彈不得。

在倫敦的怪物界稱霸的狼人T，從未想過這世界上還有這麼恐怖，這麼強大，這麼邪惡的怪物存在。

一開始，傑克並沒有發現狼人T，因為狼人T在倫敦生活了數百年，擅長隱匿身形。

雖然恐懼，狼人T卻沒有放棄，他決定繼續追逐這隻怪物，因為他誓言要保護他最愛的城市，倫敦。

經過幾天的觀察，狼人T終於決定，要出手偷襲傑克。

這一次，狼人T趁著傑克在享受刺字快感的時候，陡然出手，強大的拳頭如果真的擊中傑克，肯定能把他頭顱轟碎在石板上。

可是，當狼人T的拳頭卻落了空，在石板打破了一個大洞，這就是第一天石洞的由來。

狼人T覺得不可思議，傑克竟然如鬼魅潛行，消失在狼人T的拳頭底下。

這個傑克也是一個特殊能力者嗎！？

而狼人T一拳不中，毫不戀棧，馬上退開，因為他知道自己仍不是傑克的對手。

只是當第二天狼人T再施突襲，傑克有了提防，狼人T更難得手了。

後來幾次的攻擊，狼人T越攻越猛，也越來越能牽制原本肆無忌憚的傑克，熟悉倫敦環境的狼人T，頓時成為傑克行兇最大的威脅。

狼人T見識過傑克的厲害，但是他卻依然有信心，因為他手上還有一張王牌，一張足以逆轉戰局的終極王牌。

那就是「滿月的變身」。

「可惜啊，狼小子。」傑克蹲著身體，看著仰躺在地上的狼人T，冷酷的傑克露出罕見的笑容，充滿了嘲笑的邪惡笑容。

「哼。」狼人T身受重傷，失血過多的他連舉起拳頭把傑克臉打扁的力氣都沒了。

「這些日子以來，我可以感覺到你的力量一天比一天強。」傑克邪笑：「似乎和某種週期有關吧？」

「哼。」

「而且剛才看到你的變身，我才發現，原來你是能夠變身的特殊種族，難怪你一路追蹤和干擾我，卻又不肯全力出擊，你在等待力量的最高峰吧？」傑克冷笑：「可惜啊可惜。」

「哼。」

「你為了一個女人，在你力量到達頂峰之前就貿然掀開你深藏已久的王牌。太過心軟，才是你落敗的真正主因。」傑克說：「如果你不是在今天發動變身，也許我還會中計，被你突襲害死也不一定。」

「哼。」狼人T知道，如果他忍住在三天後的滿月下變身，也許整個情況都會不同了……

可是，很奇妙的是，狼人T的內心卻一點都不後悔，為什麼呢？

難道是因為這個女孩嗎？

「可惜啊！」傑克微笑，手上的刀子輕輕拍著狼人T因失血過多而慘白的臉。「我還真想看看你全力出擊的樣子呢。」

狼人T雙眼直狠狠地瞪著傑克，他恨自己的手臂已經沒有力量，如果可以在這麼近的距離發動攻擊……

幸好，在這一場慘敗的悲劇中，至少還有一件事值得慶幸，那就是那個女孩成功逃脫了。

很好。

狼人T深深吸了一口氣，他是對的，因為他保護了他真正想保護的人。

「狼人啊狼人，可惜你沒能完成計畫，不然你也許可以看見我神祕的能力。」傑克笑著。「就是有這個能力，我才能在你一次又一次的偷襲中，安然渡過啊！」

「哼，你死定了。」狼人T語出驚人地說。

「喔？我死定了？」傑克嘲笑道。「誰來殺我，你這個廢人？還是剛剛逃走的可口女孩？」

「你真的死定了。」狼人T搖了搖頭。「因為我從小就愛看恐怖電影，所以我知道你死定了，傑克。」

「哈哈，你傻了嗎？快死了所以傻了？」

「不，通常在電影裡面，壞人會死掉，都是因為最後的話太多。」狼人T滿是鮮血的臉露齒一笑。「而傑克，你的話真的很多。」

「哈哈哈。」傑克大笑起來。「我可是黑榜十六強中的上的紅心J啊，你以為我是一般壞人嗎？等我們黑榜的強者們統一了整個靈界，看看誰才是壞人吧！」

「我說得沒錯吧！」狼人T越笑越開心。「你的話真的越來越多……」

「哼，找死啊！」傑克臉色一變，「想死我就成全你！」

傑克高高舉起了手上的銀刀，銳利的刀鋒，吞吐著天空中的月光，泛著讓人屏息的銀色光芒。

死掉了嗎？狼人T苦笑。只是沒辦法再見到那女孩一面……

『死掉了嗎？只是沒辦法再見到那女孩一面……』

突然，在暗巷深處傳來這樣一個聲音，重複著狼人T心裡的話語。

「咦？」狼人T和傑克同時身體一震，誰？是誰來了！？

「在最後一刻的表白。」黑暗中浮現出一張熟悉的笑臉。「好溫馨啊！」

「誰？」傑克眉頭皺在一起，緩緩起身。「你是誰？」

「嘿，紅心J，你該不會忘記我們了吧？」另一個聲音從傑克的背後響起，聲音主人倚著牆壁，嘴裡刁著煙，手裡提著一把長弓，意態悠閒

「哈。」傑克表情突然猙獰起來。「原來是老朋友來了啊……曼哈頓獵鬼小組？」

「從中國、泰國、一直追到倫敦。」微笑貓說：「你這個傢伙真不安分，終於被我們追到了吧！」

「呵。」傑克冷冷笑著。「你們還真是閒啊，紐約和芝加哥那麼多鬼也不去處理，一直追著我，難道想陪我環遊世界啊？」

「不用到環遊世界。」男人將羽箭安上了長弓，對準傑克。「在這裡就把你收拾掉！」

「哈哈哈。」傑克仰頭大笑。「就憑你們？就憑你們？」

在傑克狂妄的笑聲中，狼人T逐漸失去了意識，而在他眼睛閉上之前，他見識了一場真正的怪物對決。

原來，這個世界竟然有這麼多強者！

外篇第四話《合作》

狼人T清醒的時候，發現自己正躺在一床軟鋪上。

「啊！」狼人T急忙起身，可是他還沒完全爬起，就被一隻纖細的手給按住。

「你的傷還沒好。」那手的主人是一個陌生的女子，比西兒大上幾歲，少了份靈活，卻多了份溫婉賢淑。「先別急著動。」

「呃。」狼人T不敢使用蠻力，只好依言躺下。「請問，這裡是哪裡？我為什麼會在這裡？」

「我叫貞姐，你是我妹的救命恩人。」這女子微笑。「昨晚看你傷得很重，所以把你帶回家照顧了。」

「傷得很重？！啊！對！」狼人T想起昨晚戰鬥中每個驚心動魄的場面，還是感到一陣戰慄，一摸身體密密麻麻的刀疤，更加證明了昨晚的驚險。

只是狼人T想到了一件事……照理說，他受了這麼重的傷，應該死掉了才對啊？而且，這麼多的傷口竟然在一個晚上全部癒合，只剩下刀疤？

「我的傷怎麼會……？」狼人T支支吾吾地問。

「你的傷，是我幫你包紮的啊！」貞姐搖了搖頭。「你昨晚傷得可重了，幾次都以為你活不下去了，還讓西兒哭得好慘，幸好你的意志力夠堅強，才能平安熬過。」

「那西兒呢？」狼人T一聽到西兒，立刻將心頭的疑惑放到一邊，急忙問道。

「呵呵。」貞姐笑了。「她哭了一個晚上，好不容易等到你情況轉好了，現在睡得正熟呢，怎麼了，開始想念她了？」

「不，不是的。」狼人T羞紅了老臉。「我和西兒沒什麼的，沒什麼的……」

「看你急得…呵呵……」貞姐微笑。「只是逗你玩的啦。」

「是，貞姐，咦？」狼人T看著貞姐無神的雙眼，低聲問：「妳的眼睛是不是看不到？」

「是的。」貞姐點頭。「我是一個瞎子。」

「那妳好偉大。」狼人T忍不住讚嘆起來。

「怎麼說呢？」

「因為妳照顧西兒啊！」狼人T讚嘆說：「眼睛看不見，還能照顧西兒，妳真是偉大欸…」

「呵呵。」貞姐聽到狼人T這樣說之後，忍不住笑了起來。

「咦？我說了什麼，有這麼好笑？」狼人T看到貞姐大笑的樣子，抓了抓頭髮。

「你幹嘛一副和西兒已經成為家人的樣子啊？」貞姐伸出手，輕輕摸了摸狼人T的頭髮，溫柔笑了。「看樣子，你真的很喜歡西兒喔。」

「我……」狼人T滿臉通紅，「我沒有，貞姐妳不要亂想啦，因為我差點害她死掉啦！是因為……」

突然，狼人T感到一絲不對勁，一種說不上來的感覺，忽然湧上了心頭。

這感覺相當奇特，彷彿一閃而逝的流星般，溫暖而且短暫，從貞姐的手心傳到他的四肢百骸，讓他全身如浴春風……

這是什麼？狼人T愕然。

一抬頭，見到貞姐的眼睛瞇成一條線，親切而慈祥的笑容凝望著狼人T。

「貞姐，妳……」狼人T這一瞬間想到了什麼，撐起身子，急忙開口說。

「呵呵。乖，你身體受傷要好好調養身子。」貞姐依舊是那親切而溫柔的微笑，用手按住了狼人T的肩膀，不軟不硬地將他按回了床上。

狼人T睜著大眼睛，瞪著貞姐直看，半晌說不出話來。

突然間他有點明白了，為什麼他身體的傷口會在一夜間痊癒，以及，為什麼西兒身上會帶著比正常人更強的靈力。

這個倫敦，還真是臥虎藏龍啊！

第十六天早上的倫敦報社，可能是十多天以來歡笑最多的一個早上。

因為，這個早晨，沒有屍體。

原本每日一殺的開膛手傑克，竟然無故休兵一天，倫敦警察和記者們一開始還不相信，走訪了大街小巷，試圖尋找被遺忘的屍體，但是……

沒有屍體！就是沒有屍體！

事實上，那個應該要死去的女孩卻活著，所以這個晚上是傑克失手了。

西兒還活著。

倫敦報紙以斗大的標題刊載著：

「傑克失手！？是整裝待發，還是終於被野獸怪物所攔阻？」

「傑克停止殺人！愁霧深鎖的倫敦，露出了第一道曙光？」

「血與哀傷的交響曲，這是休止符還是頓點呢？」

就在倫敦市民歡欣鼓舞之際，有幾個人的心情卻依然沈重。

狼人T知道，傑克沒有落網，就算是兩大高手聯手圍剿傑克，卻依然被他逃掉了。

在第十六天的晚上，當窗外那顆月亮掛上的雲端，不知道什麼時候，狼人T的窗外突然多了兩個影子。

一個影子身材高瘦，穿著英挺的西裝，優雅地倚在窗沿……一個影子則是飄忽不定，月光下只有兩排閃亮的白牙微笑著。

狼人T知道，是夥伴來了。

「你好。倫敦的英勇狼戰士。」那名西裝男子這樣說著，「我們是特地來探望你的。」

「謝謝。」狼人T感到自己的心跳微微加速了，這是強者遇到強者時候才有的觸動。

「你好，在合作之前，我們應該互相認識一下。」男子說：「這是我的夥伴微笑貓。而我則是擅長使用弓箭的獵人，你可叫我羅賓漢。」

「微笑貓？羅賓漢？」狼人T睜著眼睛，縱使他沒有像西兒讀過這麼多的童話，他依然覺得這兩名字好熟悉。

「是啊！」男子微笑：「那我們該怎麼稱呼你呢？」

「我啊，西兒叫我狼人T，不然你們也跟著稱呼好了。」狼人T說。

「好，狼人T兄弟嗎？」男子說：「你的能力似乎是變身？」

「可以這樣說。」

「昨晚我們還是讓傑克溜走了，這傢伙的特殊能力變化莫測，很棘手。」西裝男子嘆氣。「我和微笑貓討論過之後，得到結論是，我們需要你的幫忙。」

「我的幫忙？」狼人T聽到這裡，精神一陣抖擻。「不管什麼忙我都願意幫！」

「因為你是倫敦的地頭蛇，這裡的環境你最熟悉。」男子說：「加上以傑克這樣詭譎的身手，你都能步步進逼，表示你在追蹤技巧上很有一手，對吧？」

「追蹤嗎？」狼人T看著男子，雙眼閃過自信光芒。「是的，我對自己鼻子的追蹤能力很有自信。」

「很好。」男子說：「那今晚請你加入我們。」

「嗯。」狼人T精神一振，「今晚？」

「是的，所有的恩怨，都在第十六個晚上讓他了斷吧！」

***

「了斷？」狼人T疑惑。「你們怎麼會這麼有信心，今晚能夠截擊到傑克？」

「因為誰是傑克的下一個目標，我們心裡已經有譜了。」男子微笑，迷人的微笑中有著一絲冷酷。

「誰？」狼人T一愣。

「對野獸來說，什麼食物是最甜美的？」男子說：「當然是，曾經從口中溜掉的食物啊！」

「從口中溜掉……啊！」狼人T低呼。「你是說……」

「是的。」男子說：「那個叫做西兒的女孩，今晚非常危險。」

就在狼人T想再追問下去之時，突然，他住口了，因為他聽到了一聲極細微的聲響。

接著，空氣中飄來一種味道。味道很輕很淡，有如一抹微風。但是，卻讓狼人T背脊的寒毛全都豎了起來。

因為他認得這股氣味。

「狼人兄弟，他來了嗎？」羅賓漢觀察細微，一看到狼人T表情有異，問道。

「是！」狼人T點頭，他的爪子也在這一瞬間亮出。

「狼人兄弟，你去把西兒帶在身邊。」羅賓漢劍眉揚起。「你的任務就是好好保護西兒，我和微笑貓會埋伏在一旁，這一次，絕對不能讓紅心J給溜掉！」

「好。」狼人T點頭。他起身走出房間，才推開門而已，就和穿著睡衣的西兒打了一個照面。

「啊！」西兒和狼人T同時低呼。

「妳……」「你……」兩人同時開口，又同時住口。

「你先說。」西兒說。

「不，妳先說。」狼人T抓了抓亂髮，憨笑。

「你身上的傷，好些了嗎？」西兒露出微笑。

「好多了。」狼人T用力拍了拍自己的腹部，原本被傑克用亂刀割傷的身體，如今只剩下皮膚那淺淺的刀疤而已。

「好得這麼快？」西兒訝異地說：「你昨晚傷得好重欸……」

「這……我也不知道！」狼人T遲疑了一下，「我本身的恢復力就強，另外和妳貞姐的照顧有關……」

「貞姐的照顧？」西兒看著狼人T，嘴裡喃喃重複了一遍。

「是啊，我一起床的時候，就看到貞姐在我身邊，她真的是一個很好的姊姊，妳真的很幸運。」

「嗯，貞姐很好，嗯，你都是她照顧的？沒……沒有其他人照顧你嗎？」

「是啊！」狼人T看著眼前的西兒，莫名感覺到自己的心跳正在緩緩加速，因為此刻的西兒卸下了當新聞記者專業的形象，回到了正常女孩的樣子。

她將原本挽起的髮髻放下，微捲的黑髮如瀑般倚在前胸，一襲寬大睡衣遮掩不住高挑姣好的身材，尤其是那雙惺忪但是帶著稚氣的大眼睛，竟讓狼人T看得有些痴了。

「什麼是啊？」西兒嘴巴嘟起。「我問你除了貞姐之外，還有誰照顧你啦！你究竟知不知道啊？」

「誰……誰照顧我？」狼人T又抓了抓自己的亂髮，「除了貞姐之外，沒有外人了啊……」

「我不是問你誰是外人啦。」西兒聲音越來越高，賭氣地說：「你真的不知道嗎？」

「啊？」狼人T聽得一頭霧水。「妳自己不是知道嗎？」

「笨蛋！」西兒用力一跺腳。轉身就要走。

「啊？」留下愣在原地的狼人T，他不了解的是，西兒為什麼還要問他「是誰照顧了他？」，西兒自己難道不知道嗎？

『咯咯，真是笨蛋啊！』這時候，狼人的背後響起了微笑貓的笑聲。

「啊？什麼地方笨了？」狼人T依然不懂。

『小女孩熬夜照顧你，希望得到你的稱讚啊，咯咯咯咯。』微笑貓在後頭笑得好開心。『結果你這頭大笨狼卻什麼都不懂。』

「稱讚？啊！」狼人T又抓了幾下頭髮，原本就散亂的頭髮，此時更如亂草般一場糊塗。

『不過，你最好快點把她追回來。』微笑貓說：『因為，傑克已經靠近了，西兒是頭號美食，她一落單，豈不是便宜了傑克這個專吃不付帳的壞傢伙？』

「說得也是！謝謝指點！」狼人T想到此節，收起了傻勁，回復了野獸精悍的神情，雙足邁開，往西兒方向追去。

微笑貓看著狼人T離開的背影，他一貫的笑容卻突然消失了，嘴巴抿起。

而在微笑貓的旁邊，多了一個高挑的男子身影，正是羅賓漢。
「老夥伴，感覺到了嗎？」羅賓漢沉聲說。
「感覺到了。」微笑貓聲音同樣低沉。「這間屋子還有一個靈力來源，嘖嘖，雖然對方刻意壓抑，靈力仍是大得嚇人。」
「怎麼會這麼巧？」羅賓漢眉頭深鎖。「雖然這可以解釋為什麼西兒會具有高人一等的靈力，肯定是受到這人的影響，但是在這時候發現他，真的太巧了。」
「目前我們無法判斷這個人是敵是友，如果他在我們擒捕傑克的時候搗蛋，我們兩個有極大的可能喪命在這裡喔。」微笑貓說。「一個傑克就夠兇險了。」
「嗯。」羅賓漢沉思。
「你是隊長，你決定吧！」微笑貓。「我個人贊成先掃除這個障礙。」
「唉。」羅賓漢說：「微笑貓，你的『微笑結界』能克制住這個人嗎？」
「大概可以。」微笑貓說：「別忘了，我的結界可是專門捕捉靈能力者的啊！」
「三分鐘。」羅賓漢說：「我們不要殺了他，只要讓他今晚不能動彈就夠了。」
「三分鐘。」微笑貓笑了。「收到！老大！」

就在狼人T追上西兒的那三分鐘，屋子的另外一邊，正上演一齣驚天動地的圍捕行動。

那個巨大的靈力來源，那個微笑貓和羅賓漢口中的「他」，那個影響了西兒的神秘高手，此刻正安靜地坐在廚房內，挽起袖子，仔細調理著今天的晚餐。

她不是別人，正是西兒的乾姊姊，貞姐。

突然，她的動作停了。

然後，她用一種極細微的聲音，輕輕嘆了一口氣。

「唉，麻煩來了啊！」

碰！這個空間狹小的廚房，突然亮光大作，亮光之中，數枝來勢兇狠的羽箭穿了出來。

羽箭發出燦爛的銀光，這是神聖的光芒。

「神聖羽箭？」貞姐露出一個古怪的笑容。「受過聖水洗禮的羽箭？用來對付我？你知道我是誰嗎？」

失去視覺的貞姐聽音辨位，她手指在空中輕輕畫了一個圈圈，剛剛夾著奪命氣勢的羽箭，竟然不約而同一起掉頭，往發射者方向飆去。

「聖水箭沒有用？這是怎麼回事？」羅賓漢驚呼。「可惡，微笑貓看你了！」

「哈，微笑結界！」微笑貓用力吸了一口氣，突然從牠的嘴巴為中心，泛起了一片黑暗，黑暗猶如潮流般往四周擴散開。「結界啟動！」
不一會，整個廚房就陷入一片黑暗之中。
「結界系的靈力者？」貞姐陷入一片伸手不見五指的漆黑中，臉上卻依然平靜。
「她陷入黑暗中了。」微笑貓說：「老大，快點攻擊她！」
「攻擊我的好時機？」貞姐聲音冰冷。「告訴你們，對一個失去視覺的人來說，黑暗與光明是沒有絲毫意義的。」
「箭來了，請小心！」羅賓漢射箭之前，仍忍不住提醒了一下對方，他並不想妄開殺戒，因為對方剛剛能引回聖水之箭，顯然和基督教頗有淵源。
貞姐抬起了她的左手，溫暖的銀光在黑暗中緩緩暈開。
「跟你們兩個說一件事，我有兩隻手，右手是負責治癒傷口的『白銀之手』，要不是為了替狼人療傷而啟動了這手的能力，你們哪能發覺我？」
貞姐說完，又抬起了她的右手。
右手，不同於左手溫柔的銀色，而是燦爛耀眼的金色。
「而我的右手，又被稱為『審判之手』，是讓妖魔鬼怪無所遁形的金色光芒。」貞姐說到這裡，微微一頓。
「我給你們最後的警告，你們來這裡如果是來抓傑克，我們就是友非敵，傑克這傢伙是個難纏的傢伙，建議你們保留力量來對付他。」

「如果，你們堅持要先制服我。」貞姐笑了，只是這次的笑容不再如往常溫柔，甚至冷酷到讓人全身戰慄。「就接受我右手的審判吧！」

「老大，怎麼辦？」微笑貓和羅賓漢互看了一眼。

「騎虎難下，衝了吧！」羅賓漢知道，微笑貓的微笑結界一旦發動，已無法回頭。

這句話剛出口，羅賓漢手中的長弓顫動，一把箭離弦而去。

只是一箭？

剛剛十幾枝銀箭都失敗了，如今卻只是一箭？

不，不是一箭！

這一把箭從羅賓漢手中射出，射向貞姐的位置，短短的幾公尺距離，箭竟然開始自動複製起來。

一箭，兩箭，三箭……兩箭本身微微碰撞，瞬間又增殖出四把箭，然後不到一秒的時間，一片漆黑的廚房天花板上，已經佈滿了綻放兇光的箭頭，有如盤旋空中的成群轟炸機。

「射擊吧！」

然後，箭動了，鋪成一條足以透殺所有生靈的閃爍暴雨，直貫向貞姐。

「愚蠢的人。」貞姐的右手高高舉起，金色的光芒四射。「在場自認無罪的人，才可以丟擲石頭。」

在這片黑暗中，貞姐的右手有如一顆金色太陽，轟然爆開，把所有的銀箭都捲了進去。

淒厲狂暴的靈力在黑暗結界中，化成一道道金銀交錯的銳光，四散衝擊開來……

另一頭，狼人T抓住了西兒的手。

「西兒聽我說，妳現在不能落單，很危險的！」

「什麼落單？」西兒疑惑的看著狼人T。

「今晚傑克會來找妳！」

「找我？」西兒悚然一驚。

「沒錯，因為他昨晚失手了！」狼人T說：「所以他今天一定會回來收拾殘局…」

「啊！」西兒聽完，剛剛的固執都消失了，她用力抓住狼人T的衣袖微抖起來。

「所以妳今天晚上一定要緊跟著我。」

「嗯！」西兒用力點頭。

「我們現在去找……咦？」狼人T話說一半，突然露出怪異的表情，往屋子的另外一頭看去。

「怎麼了？」

「有危險。」狼人T凝視著屋子的另外一端，鼻子動了動。「雖然很細微，但是有靈力震盪。」

「靈力震盪？」

「是的。」狼人T說：「表示有人在戰鬥，很可能就是昨天晚上那兩個朋友。」

「可是，」西兒抓著狼人T的手更加用力了。「貞姐在那邊欸！」

「我們走。」狼人T抓住了西兒的手心，「我們過去找貞姐。」

「好！」

可是，狼人T才往前走了一步，又忽然停了下來。

「又怎麼了？」西兒仰頭看著這個高壯的男子，意外的，她看見了狼人T的臉頰有一珠汗，晶瑩剔透的汗水，從他佈滿毛髮的臉滑了下來，落在西兒的手背上。

啊！好冰的汗。

「有人往靈力震盪的那邊過去了……」狼人T聲音有掩不住的驚恐。

「有人？」

「是啊！」狼人T臉色驚恐。「那個人是傑克！」

開膛手傑克撲向正在激戰的貞姐和獵鬼小組中，這是代表什麼意思？

帶來死亡訊息的傑克，會替他們三人的戰局，帶來什麼驚人的變化呢？

外篇第五話《微笑結界》

貞姐手上的金色光芒，已經緩緩褪去，她停止動作的原因，因為發現自己的確無法突破這個『微笑結界』。

按照結界的定律，每個結界都必須要有某種『關鍵條件』，只有符合這些關鍵條件，才能離開這裡。

除非受困者和結界操作者兩人的力量太過懸殊，才會讓受困者單純以自身的力量衝破結界。

以目前的情況看來，結界雖然被震盪而劇烈晃動，卻始終沒有塌陷，那表示這隻微笑貓的靈力還足以支撐結界的架構。

貞姐收起了右手的審判力量，開始靜思起來，微笑結界，為什麼要稱作微笑結界呢？是否有隱含的意義在裡面？

關鍵條件，一定要隱藏在這裡面。

而另外一頭，微笑貓卻已經臉色慘白，因為牠沒有意料到貞姐的靈力竟然強大至此，微笑結界如果張開，表示被囚禁者是比微笑貓本身強十倍以上的靈能者，而貞姐的力量屢次碰到結界的極限，顯示她是遠遠凌駕獵鬼小組的絕代高手。

只是，她是何方神聖？

一個人安靜窒伏在這個霧都倫敦，是為了什麼？

這樣的靈能力者，在歷史上一定留有大名，有什麼人物是可以回擊聖光箭，又擁有如此駭人的力量？

將她從黑暗中給逼了出來，究竟是好還是壞呢？

「微笑結界啊……」貞姐雙手的光芒已經減弱，黑暗中隱隱震盪著一股不安的氣氛。

她深思著，側著頭，有如一座美麗的雕像。

好靜……

羅賓漢的攻擊已經停止了？貞姐立在純然的黑暗中，首先讓她感到困惑的，卻是羅賓漢的箭矢已然停止。

這應該是攻擊的好時機吧？為什麼羅賓漢的箭羽停了。

另外，剛才不斷躁動的微笑貓靈力，此刻卻絲毫感受不到。

她彷彿陷落在一片失去了聲音、光線，還有任何感覺的幽暗深谷。

難道，外頭出事了嗎？

貞姐昂起身子，那西兒呢？她現在是否安全？因為，西兒是唯一讓貞姐掛心的人。

外頭，是真的出事了。

就在微笑貓和羅賓漢兩人思考，要如何面對貞姐這個棘手問題的時候。

一個黑影，迅捷如電的黑影，從廚房的窗戶竄了進來。

他兩手揮開，兩道銀光閃過，對著羅賓漢和微笑貓撲了過來。

「傑克！」微笑貓驚呼。

「紅心J！」羅賓漢驚呼。

只是傑克來的太快，正處於苦戰的微笑貓和羅賓漢根本來不及反應，兩把奪命銀刀，已經對著他們的喉嚨射來。

命懸一線。

「逃入結界！」微笑貓大吼，伸出貓爪抓住了羅賓漢的手！

「好主意！」羅賓漢跟著大喊，然後迎面而來的是一片絕對的漆黑，他們倆一前一後，墜入了結界當中。

在羅賓漢視覺消失之前，他看見了傑克的銀刀在空中飛舞，流竄的銀光好像和他身後的微笑貓糾纏在一起。

「微笑貓！」羅賓漢回頭驚叫。

黑暗中，羅賓漢落地，一回頭他安心了，因為他的手心仍然緊緊握著微笑貓的爪子。

「微笑貓，你沒事吧？」羅賓漢拉著微笑貓的爪子，想輕輕把他從現實世界拉入結界之中。

一片黑暗的結界中，先出現的，是微笑貓那驕傲的皓白牙齒。

「呼，沒事就好。」羅賓漢呼了一口氣，他輕輕地拉了拉微笑貓的爪子，催促夥伴趕快進入結界之中。

可是，就在他將爪子從黑暗中，越拉越出來的時候……他愣住了。

好重。

微笑貓怎麼會這麼重？

然後，羅賓漢幾乎是直覺的反應，另外一隻手的手腕一翻，藏在手腕的兩把袖箭，精光閃爍，對準了前方的微笑貓。

「微笑貓……這是怎麼回事？有什麼東西跟著你嗎？」羅賓漢聲音顫抖，還來不及射出袖箭，他迎面的黑暗，就射來兩道銳利的銀光，混在一大片鮮血之中。

這是微笑貓的血啊！

「微笑貓啊啊啊！」羅賓漢語帶哭音，手腕的袖箭機關彈出，想將尾隨的傑克給射落在眼前。

可是，羅賓漢慢了一步，肚子傳來的劇痛，將他的意識整個吞噬。

當狼人T攜著西兒的手趕到廚房的時候，眼前的畫面讓牠打了一個冷顫。

什麼畫面能讓見慣血腥的狼人T恐懼？並不是滿地的斷手殘肢，並不是染滿鮮血的廚房。

而是……什麼都沒有。

什麼都沒有的廚房。

剛才激盪的靈力都消失了。

沒有熟悉的夥伴羅賓漢，沒有愛找人麻煩的微笑貓，更沒有素手調羹的貞姐，也沒有邪惡的開膛手傑克。

這個廚房，空無一人。

他們到哪去了呢？狼人T拼命抽動鼻子，試圖捕捉空氣中的靈力，但是牠的鼻子卻什麼都沒有感覺到。

「消失了？」西兒握住狼人T的手，滲滿了汗水。「大家都不見了？」

「不怕，不怕。」狼人T柔聲安慰道：「沒事的。」可是，真的沒事嗎？狼人T自己也不相信。

微笑結界中，貞姐一個人漫行著。

貞姐不敢真正放鬆自己的力量，因為她感覺到，這片黑暗中一定隱藏什麼東西，有種很邪惡的東西已經潛入這個結界中。

然後，在前方的漆黑中突然聽到一個很細微的聲音。

「是誰在哪裡？」貞姐她嗅到很濃的血腥味。

這血中有很濃的臊味，不像人的血液。

是誰，死在這個不應該存在的結界中？貞姐往前走去，更濃的血腥味隨即撲鼻而來，讓生性愛潔的她，微皺眉頭。

而當她矮下身子，摸清楚了這具屍體，貞姐的表情先是古怪，然後卻苦笑起來。

因為這屍體，竟然是一隻有著虎斑的大貓。

大貓的嘴巴微張，露出兩排閃亮的牙齒，由牠臨死前仍掛著燦爛的笑容，猜測牠應該是被突襲殺死的。

一頭會微笑的貓？貞姐手上的金色光芒忽明忽暗，表示她心情正在激盪。

這頭會微笑的貓恐怕是「微笑結界」的結界師。

而這個結界卻沒有因為結界師的死去而解除，表示這不是自動解除的結界。

那要解除結界的方法，只剩下破解關鍵了。

還有更糟糕的事情。貞姐看著地上的屍體，想著。

「如果，結界師死在結界裡，那表示，那個『兇手』恐怕已經進到這個結界裡面了。

「現在該怎麼辦？」西兒緊張地問。

「不知道。」狼人T咬著牙。「事情怎麼會發展到這裡，已經完全失控了。」

是啊，失控了。

不管是結界內，還是結界外，全部都失控了……

貞姐小心翼翼地走在黑暗裡，失去了掌控這個結界的微笑貓，又在如此幽暗無光的環境，簡直就是替這個兇手佈下最完美的殺局，讓他盡情地殺戮。

對貞姐來說，最重要的是找到微笑貓的另外一個夥伴，羅賓漢，不只是為了保護好人，更重要的是，目前只有羅賓漢確實知道離開微笑結界的方法。

貞姐緩步走過微笑貓的屍體，她低聲嘆了一口氣，在胸口畫了一個十字，她雖然已經離開了神界，卻保持了一定的信仰習慣。

她嘆氣，要不是這兩個笨蛋擅自發動攻擊，不然也不會鬧到自己人打自己人，讓敵人傑克有機可趁，也不會害微笑貓莫名其妙喪命了。

就在這一瞬間，貞姐感覺到前方多了一個人。

這個人悄然立在貞姐的前方，幸好失去了視覺的貞姐，擁有比正常人更敏銳的直覺，不然也許會被這人所偷襲也說不定。

「是誰？」貞姐低聲喝道。

對方沒有回應。

「你是誰？」貞姐又揚聲問道。

對方依舊沉默。

「你是……」就在貞姐詢問到第三次的時候，她聽到了空氣傳來一聲細微的「嘶……」金屬摩擦聲。

金屬摩擦？莫非是刀子……貞姐的聽力如此敏銳，在一瞬間，她右手就湧出了炙熱的金色光芒。

「傑克！」貞姐右手高舉，光芒閃爍。「在神的光芒之下，罪惡無所遁形，傑克你誠實回答，你有沒有罪？」

貞姐屏氣凝神，她的審判之手能夠判定對方有無罪孽，然後進行裁決，任何人都無法說謊。

因為對神說謊，是唯一死罪，靈魂會墜入火焰的地獄。

可是，等了幾秒鐘，對方卻一點回應都沒有，貞姐困惑了，沒有人可以在審判之手的聖光底下欺瞞罪行，如果對方一直不回應，只有一種可能……

那就是「名字」不對！

這人不是傑克？所以這是一個……陷阱？

貞姐往前一踏，用手探去，發現這人不是傑克，而是另外一個人，是一個背上扛著羽弓的男人，所以這人是結界師的朋友？

貞姐感到錯愕，而就在這一瞬間，她的背部，忽然傳來一陣冰涼透骨的感覺。

這冰透的感覺，竟然從肌膚直透了下去，落入了五臟六腑。

貞姐忽然明白了，這片冰涼的感覺，是一把鋒利無比的刀子，刀鋒如滑水，無聲無息的從自己的背部透入……

她中埋伏了。

貞姐怒斥一聲。右手的金光回擊，要斃了偷襲者，可是那個偷襲者發出怪笑，收回銀刀，往後一蹦，輕鬆就躲掉了這波攻擊。

刀子一被抽起，貞姐背上忽然一熱，一大蓬的鮮血，如噴泉般湧了出來，失血過多，讓貞姐感到強烈的虛脫感。

「陷阱！」貞姐咬了咬牙，這個傑克竟然利用羅賓漢佈下這樣巧妙的陷阱！

貞姐勉強維持住搖晃的身形，大量失血讓她幾乎暈眩，而傑克仍在附近梭巡著，等待著貞姐露出致命的破綻。

「真是太幸運了，咯咯，太幸運了啦！」傑克的聲音傳入了貞姐的耳中。「比起獵鬼小組，我真正擔心的是妳這個隱藏的高手啊，沒想到你們會自己內鬨，讓我有機可乘，哈哈。」

「哼。」貞姐只覺得背後一片溼潤，這傑克的切割技術高超，竟讓她感覺不到疼痛，只是陣陣麻木。

「看樣子，妳左手的治癒之手，沒辦法幫自己療傷啊，果然跟我估計的一樣，咭咭。」傑克怪聲怪氣地說，「在妳失血過多之前，妳可以選擇讓血慢慢放乾，還是進行最後垂死的反擊。」

傑克說到這裡微一停頓，伸出長長的舌頭舔了嘴唇。

「我可是非常期待，妳心臟的滋味啊！」

「吼！」貞姐突然尖叫，右手金光再度燃起，化作一道追命流星，射向傑克。

「最後掙扎啊？」傑克笑了。「不錯不錯，雖然菜色很辣，可惜還辣不到我！」

說完，傑克身體一跳，驚人的柔軟度讓他輕鬆躲過這波攻擊，而金光徒勞無功的落在地上，炸開，瞬間將微笑結界變成一片純金色的世界。

金光奪目，傑克在這一秒鐘，失去了視覺。

「光彈？哈。」傑克雙手的銀刀揮舞，護住他全身的要害。「妳想偷襲我或是逃走，都是沒有用的！」

可是，傑克的銀刀並沒有攔截到任何攻擊，難道貞姐是要逃走？

但是，當金光散去，貞姐卻依然待在原處，而她的額頭冒汗，顯然剛才使出了極大量的靈力。

「妳沒攻擊我？也沒逃走？」傑克慢慢走到了精疲力竭的貞姐面前，雙眼閃爍著困惑的精光。「那妳剛才為什麼要斷去我的視覺？還是……這是妳最後的實力了？或者妳連逃走的力氣都沒有了？」

貞姐沒有說話，只是用眼睛狠狠地瞪著傑克。

「妳的眼神在說，還不想放棄啊！」傑克怪笑。「這樣的獵物實在太可愛了，哈哈，就是要夠辣夠嗆的食物，吃起來才夠味啊！」

突然，傑克發現貞姐她的左手泛著微微的銀光，這表示……貞姐剛剛才使用過這隻「治癒之手」？

「妳的左手為什麼……好像剛剛使用過？」傑克一愣，「妳為什麼滿身大汗，好像使用了大量的靈力？妳的左手又不能治療自己，幹嘛要使用它？」

傑克想到這裡，突然倒吸了一口涼氣，如果貞姐的左手不能治療自己，那會是治療誰？

在這片微笑結界之中，還有誰會需要被治癒？

「你知道嗎？傑克。」黑暗另一頭，突然傳來一個低沉的男子嗓音，「你如果有天被逆轉慘敗，原因只有一個，那就是……你的話真的很多！」

「啊！」傑克大叫一聲，雙膝用力，使勁往後跳去，因為他已經聽出了這聲音的主人是誰！

是羅賓漢！

「領死吧！」羅賓漢冷笑，蓄勢待發的聖箭蹦一聲離弦，極快的時間，極短的距離，箭頭已經來到傑克胸前。

傑克的身法再刁鑽，再如鬼魅，也不可能躲開這支為他精心設計的奪命之箭。

結束了嗎？

箭射入了這個萬惡魔頭的胸膛，鮮血噴出，傑克尖叫，他屠宰過無數的心臟，只是這一次，他終於看見了自己胸膛噴出的血柱。

可是，接下來發生的事情，卻讓貞姐和羅賓漢同時驚呼，因為不可思議的事情發生了！

箭消失了。

連同傑克一起消失了。

傑克竟然從微笑結界中消失了！？

「切割空間！」貞姐喊出。「這是傑克的特殊能力。」

「難怪！啊！難怪！」羅賓漢用力拍了一下手掌，這可以解釋為什麼傑克會在此刻消失，因為他可以自由進出「微笑結界」！

也可以解釋傑克為什麼可以從後面追上微笑貓，並且在結界中殺死結界師。

如果說結界師是張網的蜘蛛，那空間切割異能者，就是專門捕捉蜘蛛的獵人。

「逃了，還是讓他逃了。」貞姐一口氣鬆懈，頹然坐在地上。

「不過，」羅賓漢俊俏的臉龐露出微笑。「傑克中了我帶有聖光的一箭，他的力量肯定剩下不到一半了。」

「嗯。」貞姐因為失血過多而臉色慘白，「對了，你知道離開這個結界的方法嗎？」

「當然。」羅賓漢露出歉疚的表請，溫柔地扶起貞姐。「離開微笑結界的方法其實很簡單，那就是……哭。」

「哭？」

「是的，畢竟這裡是『微笑』結界啊！」羅賓漢苦笑。「不過，我想請妳解開我心頭一個疑問。」

「什麼疑問？請說。」貞姐說。

「就是妳的真實身分，因為妳的力量不但強大，還是屬於聖光系，可以肯定妳是絕非泛泛之輩，實在讓我忍不住想問妳，妳究竟是……」

「我離開神界已久。」貞姐失血而蒼白的臉，露出淡然的微笑。「以前人們總是叫我聖女。」

「聖女！」羅賓漢臉色微變。「所以妳是……」

「是的，我就是聖女貞德。」

外篇第六話《追殺傑克》

微笑結界外頭，廚房。

狼人T緊緊抓著西兒，在廚房中緊張等待著，忽然，他覺得後頸傳來一陣冰涼，是水珠？

他伸手往後一摸，出現在他手心的，竟然一片絢爛的血紅。

血！這是誰的血？

狼人T一仰頭，天花板上赫然掛著一張臉，一張帶著深深恨意的臉，雙眼狠狠瞪視著狼人T……

而血，就是從這張臉上滴落下來的。

狼人T先是一陣錯愕，立刻反應過來，手臂的肌肉隆起，爪子亮出，發出怒吼。

「傑克！」

不過傑克縱使身受重傷，依然像毒蛇般致命，他從天花板落下，在空中做出一個體操選手的完美迴旋，手上的銀刀順著迴旋畫出一個銳利的圓，割向狼人T的咽喉。

狼人T哼的一聲，側頭避開。

也就是這一頓，替傑克爭取了逃走的時間，他雙腳落地，有如一個大彈簧般用力一蹬，跳出廚房的窗戶。

「吼！」狼人T足一邁，就要追去。

可是，狼人T才一碰到窗戶，突然眼前一道銀光閃爍，傑克的背後像是生了眼睛，將手上的兇刀往後拋去，直射向狼人T的眉心。

「好傢伙！」狼人T怒斥一聲，手一揮，將來勢洶洶的銀刀拍掉。

而傑克在地上流下一串血跡之後，消失在倫敦的夜色裡頭。

就在狼人T咬牙切齒看著傑克消失的背影，他的背後傳來了西兒的驚呼。

「啊！！狼人T！狼人T！」

「怎麼了？」狼人T回頭，映入他眼中的景象讓他用力吞了吞口水。

此刻，微笑結界被解開了。

廚房的地板上，多了三個人。

不，應該說是兩個人和一隻貓。

最慘的莫過於那隻貓，牠整個身體被利刃割成兩半，就算靈力再強，也確定歸西了。

微笑貓，竟然在這場戰役中，成為首先的犧牲者？

而接著兩個人的身體都染成了血紅，一個人是貞姐，一個人則是羅賓漢，兩人的氣息都十分微弱，顯然受了重傷。

「貞姐！」西兒抱住貞姐，眼淚流下。「妳怎麼會受傷了？」

「沒事。」貞姐滿是鮮血的臉龐，虛弱地微笑著。「只可惜犧牲了一個夥伴。」

「嗯。」羅賓漢看著微笑貓的屍體，露出既哀傷又欣慰的笑容。「對獵鬼小組來說，死亡從來就不是一種結束，也許還可以稱得上是一種解脫，所以不用為了我的夥伴哀傷。」

雖然這樣說，眾人仍可以在羅賓漢的眼角上，看見一絲眼淚的餘光。

「老朋友。」羅賓漢凝視著微笑貓的屍體，將背上的一根長箭抽出，插在微笑貓屍體的前面。「我以箭代替墓碑，並在此正式卸除你獵鬼小組的職務，也祝你最後的心願完成。」

看著羅賓漢的舉動，眾人一片沉默，直到羅賓漢起身，用力吐了一口長氣。

「各位朋友，現在我們還有一件事沒做。」羅賓漢說：「開膛手傑克胸口中了我一箭，身受重傷，加上聖光會腐蝕他的身軀，所以……現在正在是逮到他最好的機會！」

羅賓漢又繼續說道：「我和貞姐在這一次激戰中都大傷真元，所以狼人T，這最後的一個任務，就交給你了。」

「嗯！」狼人T用力點頭，聽到羅賓漢這樣說，他覺得身體內的血液，在月光的照映下沸騰起來，整個獵殺傑克的行動，終於接近了尾聲，傑克這頭兇狠的獵物終於被逼到絕境了嗎？

「兩天。」羅賓漢伸出兩根手指頭：「這是受傷的傑克身體最虛弱的時刻，一過這段時間他一定會想辦法逃離倫敦，所以這也是，我們抓到他的最後機會。」

兩天嗎？狼人T下意識舔了舔嘴唇，仰頭看見天空那輪漸圓的明月。

這兩天，就剛好是月圓啊！

「狼人T，你有信心嗎？」羅賓漢炯炯的目光凝視著狼人T。「這個最後也最艱難的任務？」

狼人T挺著魁梧的身軀沒有回答，他看見西兒一雙炙熱的眼神正瞧著自己。

「可以。」狼人T嘴角揚起，「兩天，我一定把傑克的心臟放在這，哀悼微笑貓。」

第二天，倫敦報紙依舊驚喜報導著，連續殺人魔傑克，終於停止了殺戮。

狼人T和西兒兩人散步在倫敦的街頭，看著人們歡欣鼓舞地搶閱著報紙。

「狼人T，你打算怎麼找到傑克？」西兒問。

狼人T沒有說話，只是用手指比了比自己的鼻子。

「用鼻子聞？」

「那天貞姐和羅賓漢合作，兩人重創了傑克，並且讓他流了滿地的鮮血。」狼人T

說：「傑克血液中那股臭味，已經被我用鼻子深深記住了。」

「嗯。」西兒問。「那為什麼不現在去抓他呢？」

「一來是因為傑克要到夜晚才會行動，二來是我的變身能力，要到晚上才能發動。」

「所以，你會在今晚去追擊傑克嗎？」西兒說。

「沒錯。」

「那……」西兒欲言又止。

「那怎麼？」

「那……」西兒突然仰起頭，腳跟踮起，用力親了狼人T的臉頰一下。

「啊！」狼人T滿臉通紅，吃驚地叫了一聲。

「你要小心。」西兒眼睛蕩漾著甜蜜。「我會等你回來。」

「嗯。」狼人T摸著自己的臉頰，開懷地笑了。

可是，在甜蜜的此刻，他們倆卻都沒有意料到，命運之神對相愛的兩人特別嚴苛，一個極可怕的事情正悄悄等待著他們。

倫敦骯髒陰暗的窮人巷道裡頭，一個痛苦的呻吟聲持續著。

一個男人身受重傷，右手按住胸口，粉紅色的血水不斷從他的指縫中滲了出來。

這男人正是傑克。

貞姐和羅賓漢兩大靈界高手攜手作戰，就算他是黑榜上十六強中的紅心J，仍落到重傷收場，而且傷勢甚至比貞姐他們想像中來得重。

「可惡！」傑克不斷低哼著。「今晚……那個臭狼一定會來尋我……哼哼……可惡……我一定要撐過今晚……哼哼……一定……」

「你還真是狼狽啊，傑克。」黑暗中，傳來一個低沉的女子聲音。

傑克一愣，猛然轉頭，就算他身受重傷，敏銳度依舊。對方能夠無聲無息的出現在他的面前，絕對是一個超級高手！

「妳是誰？」傑克抓住手邊的刀子，銀刀呼應傑克的靈力，流動著燦爛的光芒。

「你認不出我的聲音？」那聲音怪笑。「枉費三個月前老大找我們開會的時候，你還坐在我旁邊，哼哈，你還偷偷瞄我的胸部，當時真想把你的雙眼給刨出來呢。」

「妳！」傑克驚叫，聲音裡面除了喜悅，竟然有一絲恐懼。「妳是，妳是……」

「是的。」那女子一聲長笑，一張白皙素淨臉龐，從黑暗中浮了出來。「是我。」

細長的眼睛，單眼皮，微高顴骨，五官雖然不算完美無缺，卻是艷魅到了極限，讓人怦然心動。

她雖然身著一襲飄逸的傳統中國皇后服飾，在胸口處卻大膽露出半個裸露的酥胸。

傑克看著對方，喉嚨咕嚕一聲，用力嚥下一口口水。

這樣的絕色美女，她心臟的滋味如何呢？

「我的面子真大，嘿嘿，竟然請到了十六強中的紅色鑽石皇后……」傑克眼睛直盯著對方的胸脯。「狐妖之王，九尾妖狐啊！」

「嘻嘻，紅心傑克啊，你不是面子大。」九尾妖狐用寬大的衣袖遮住了嘴角，只露出一雙魅惑的眼睛。「是因為上頭擔心你話太多，特地要我來照顧你啊！」

傍晚，狼人T和西兒兩人肩靠著肩，一起坐在倫敦市最高的鐘樓上，這裡雖然是禁止進入，但是，當然阻擋不了狼人T的身手。

他們兩個人望著天邊火紅的太陽，慢慢落到城市的另外一頭，安靜地沒有說話。

而城市的另一頭，一個純白無瑕的圓月，悄悄從雲朵中探出了頭來。

「我去了喔。」狼人T說。

「千萬小心。」西兒低聲說。

「放心，我一定帶著傑克的頭顱回來。」

「不用，不用帶著他的頭回來，那好可怕欸。」西兒說：「我……我只要你平安回來。好嗎？」

「好。」

狼人T起身，看著西兒，欲言又止。

「幹嘛一直看啦？」西兒被狼人T瞧得臉紅，低頭說。

「嗯，西兒。」狼人T露出酣傻的笑容，抓了抓他粗獷的亂髮。「等我回來，有事情跟妳說，可以嗎？」

「嗯。」西兒臉頰飛紅，似懂非懂地點頭。

「那我去了喔。」

「好。」

狼人對西兒微微一笑，然後高高躍起，以純白的滿月為背景，矯捷的黑色巨大身影，彷彿把身體所有的力量都舒張到了極限，充滿了力與美。

這一幕，在西兒心中形成一幕永難忘懷的畫面。

突然間，西兒伸出了手，想要喊住狼人T。

卻在最後一剎那，她的手握成了拳頭，嘴裡那聲「別丟下我一個人」，始終沒有說出口。

看著狼人T的背影在樓房間縱躍，然後越來越小，越來越小……

西兒茫然了。

剛才那一閃而過的孤單感覺，到底是因為害怕狼人T的離去？還是真有不好的預感？

滿月，悄悄爬上了天空的頂端。

就在同時，狼人T找到了他的獵物。

開膛手，傑克。

外篇第七話《怪物混戰》

窄巷中濃厚的血腥味，彷彿是一個巨大的路標，指引著狼人T旅途的終點。

那就是傑克的臭味。

狼人T追到了暗巷之中，在一片飛舞的紙屑和垃圾中，他看見了傑克。

傑克披著深黑色的斗篷，只露出一雙陰邪的眼睛，狠狠地瞪視著狼人T。

狼人T的嘴角露出冷笑，然後牠的手臂高舉，手指剛好指向天空銀白色的滿月。

一柱月光，竟像是回應它子民的呼喚，破雲而下，落在狼人T的身上。

「吼嗚～～～」

在滿月的祝福下，狼人T展現完全體的變身，身影如一道雷霆閃光，撲向了傑克。

而傑克看似重傷後行動遲緩，竟然連刀子都來不及拿出來，就被狼人T撲倒，身體立刻被如利刃長狼牙貫穿。

可是，一擊得手的狼人T卻一點都高興不起來，牠看著牠爪子底下破碎的斗篷，滿臉錯愕。

這不是傑克！這只是幾撮野獸尾巴的毛？

所以，這是幻術？這是陷阱？

「啊～～～～」深夜中，傳來一聲淒厲的女子尖叫。

重傷沉睡的貞姐猛然起身，她一摸額角，竟然全都是冷汗。

「西兒？是妳在尖叫嗎？」貞姐一翻棉被，倉皇起身，就在她衝向西兒房間的時候，她感覺到一個快速的黑色身影從窗外竄了出去。

「糟糕！」貞姐右手高舉，縈繞手掌的是一顆燦爛的金色小太陽。

「妳身受重傷，還是不要太勉強才好呢。」忽然，一個女子聲音傳了出來，語調慵懶迷人。「親愛的貞姊姊。」

「妳是誰？」貞姐感覺到對方的靈氣，悚然一驚，這股力量又怪又邪，不但在傑克之上，甚至比自己還要強大……是一隻修煉了上千年的老妖？

「我啊！嘻嘻。」對方嬌笑。「我是一個替傑克收爛攤子的人啦，不太重要啦。」

「聖女請讓開，我知道她是誰！」貞姐的背後傳來羅賓漢低沉的嗓音，貞姐一側身，露出了羅賓漢和他手上的箭，對準了眼前這個神秘的女妖。

「羅賓漢，你果然和傳聞一樣帥呢。」對方好像絲毫無懼羅賓漢的聖箭，好整以暇地笑著。

「住口！九尾妖狐！」羅賓漢怒喝，手上的聖箭發出銀光，在空中畫出一條筆直的線，直指九尾妖狐的眉心。

「真沒禮貌，對淑女動粗。」妖狐笑，一個儀態萬千的轉身，將她的翹臀對向羅賓漢和貞姐。

「把屁股對準我們？妳也太輕敵……」貞姐話才說到一半，突然她感覺到羅賓漢抓住了自己的手，然後耳中傳來羅賓漢惶急的聲音。

「小心！是尾巴！」

尾巴？貞姐猛然驚覺。傳說中的九尾狐之所以可怕，就是因為它擁有九條威力驚人的怪尾。

可惜，這驚覺來得太遲，在羅賓漢兩人的前方上空，陡然出現了一條熊熊火焰的赤紅巨尾。

而剛才射出的聖箭，早就被這尾巴給燒成了灰燼。

「這是第一道菜。」九尾狐的聲音從火焰後面傳了出來，依舊慵懶迷人。「九尾中象徵破壞的……火尾。」

這句「火尾」剛落，這條噴著火焰的大尾巴，就對著羅賓漢兩人狠狠地掃了過來！

暗巷內。

狼人T有著極為不好的預感，他不認為傑克有辦法騙過他的嗅覺，唯一的可能，就是傑克來了援軍。

那西兒不就非常危險了嗎？

「吼嗚！」狼人T仰頭咆哮，用盡全力往西兒的家狂奔而去。

隨著心跳的劇烈鼓動，他不安的感覺越來越強烈。

就在他奔到了西兒家的附近，眼前一道黑影立刻吸引住了狼人T的目光。

這黑影散發著濃烈的傑克臭味，狼人T怒吼，只屬於野獸的肌肉肢體完全發揮，四足往牆上用力一蹬，轉變方向，往那道黑影追去。

狼人T一回頭，眼角餘光看見了西兒家中，火光閃閃，似乎有另外一場激鬥正在進行著。

可是，狼人T知道自己的目標是傑克，不只是因為獵殺傑克是他最後的目的，還有一個讓狼人T驚懼的原因。

他看見了傑克的懷裡抱著一個人。

以狼的敏銳動態視覺，狼人T知道，那是西兒，緊閉著雙眼，生死未卜。

屋子內。

「哎啊！」九尾狐好像感覺到什麼，轉向窗外的滿月，細長眼睛射出精光。「這個半狼半人的傢伙不錯嘛，這麼快就破了我『薨尾』所產生的幻術。嘻嘻，這下子傑克這多話鬼可麻煩囉。」

「哼！妳還是擔心妳自己吧！」在這一大片火焰中，一道銳利的金光射出，以雷霆萬鈞的氣勢，從火焰中劈開了一條路。

這金光的主人，不用懷疑，當然就是有聖女尊號的貞姐。

「好棒喔，妳破了我一條尾巴呢。」九尾狐嘟起了嘴巴，嘻嘻一笑，「但是我還有八條尾巴呢。」

忽然，貞姐的金光黯淡下來，因為空氣中突然多了四條巨大的尾巴，分別是佈滿尖刺的木尾、鐵鎚形狀的金尾、滾滾水柱般的水尾，還有像是流沙不斷變化形狀的土尾。

「真是怪物。」貞姐昂起頭，語調中不知道是驚嘆還是佩服。「妳真是怪物啊！」

「好說好說。」九尾妖狐說：「妳也不賴啊，不然我不會一次出動五根尾巴對付妳呢。」

「哈。」貞姐雙手同時舉起，金銀兩色光芒互相旋繞，她要出絕招了。「神啊，請聆聽我的祈禱……」

「神啊，全都是騙人吧！」九尾妖狐笑，「五條尾巴，一齊下去吧！」

只見金木水火土五色巨尾，在空中先是盤旋成一個圓形，煞是好看，然後五尾合一，對著貞姐擊下。

轟然炸開。

月光下，狼人T已經變成了完全狀態，原本該屬於荒野的孤狼，在這裡找到了另外一塊領土，由磚瓦和鐵皮構成的工業都市。

這裡，是狼人T的家鄉，也是他熟悉的，戰鬥舞台。

傑克抱著西兒奔馳著，沒幾步，他就發現背後傳來了令人戰慄的殺氣。

殺氣如影隨影，不即不離，緊緊躡在他背後。

他感覺到自己彷彿是在漫漫草原上，被野狼盯上的旅人，野狼寂靜的腳步聲和忽遠忽近的嚎叫，產生強大的壓迫感，將旅人的心臟不斷壓縮，壓縮，壓縮成一座隨時會炸開的壓力爐。

可是，傑克可不是一般的旅人。

他也是野獸。還是一頭帶有兩把銳利銀刀的猛獸。

傑克和狼人T，兩個人在倫敦的屋頂上，街道暗巷中，月光下，互相追逐著。

雖然他們只認識了十七天，卻像是認識一輩子似的熟悉，更像是恨了幾輩子一樣仇視著。

「放開西兒！」狼人T怒吼，利用屋頂作為他的落腳處，用力一蹬，躍到了傑克的頭頂。

傑克回頭只見空中一個雄壯身影，背對著又銀又大的月亮，惡狠狠地撲了過來。

一場凶戰，已經蓄勢待發。

「要搶回她，看看你有多少能耐吧！」傑克亮出了手上的銀刀，戰慄的鋒芒畫向狼人T。

一狼一怪，在倫敦的月光下互相廝殺起來。

「不打了，不打了。」九尾狐收起了她五條尾巴，風姿綽約的往門外走去。

「啊？」貞姐愕然。

「我的目的只是避免你們圍攻傑克。」九尾狐笑：「其實我對打架這種事一點興趣都沒有。」

「啊！」貞姐愣愣看著九尾狐，剛才蓄勢待發的金銀兩光同時收斂，恢復成正常的兩隻手。

說實在的，貞姐也不想打這仗，因為她知道自己就算沒有受傷，也不是九尾狐的對手。真正打下去，她最多只能拖延時間而已。

看著九尾狐慢慢離開，貞姐鬆了一口氣。

她轉身去尋找羅賓漢的蹤跡，剛才火尾甩來的時候，是羅賓漢犧牲了自己，擋在她的前面。

「你還好嗎？羅賓漢。」貞姐擔心地喊著：「你聽的到嗎？」

「我……我還好……」羅賓漢虛弱的聲音從被火尾掃過，一片焦黑的廚房中傳了出來。「九尾狐呢？」

「她剛離開了。」

「離開了？」羅賓漢的聲音中充滿疑惑。

「是啊！」貞姐說。

「九尾狐離開了？」羅賓漢聲音突然提高。「聖女千萬別相信她，狐狸是最擅長欺騙的動物啊！」

「什麼！？」

貞姐這聲「什麼」才剛出口，她就感到自己的耳際被輕輕吹了一口氣，酥麻的感覺讓她全身酸軟。

「妳現在一點防備都沒有呢。」九尾狐在貞姐耳畔輕輕地笑著。「妳中計囉，貞寶貝。」

倫敦暗巷內。

狼人T亂拳狂舞，把傑克步步逼退，變成完全體的狼人T威力豈止增加兩倍，簡直就是月光下的狂戰士。

但是，狼人T懸著的心卻始終沒有放下，他知道只要西兒還在傑克的懷裡，她的危機就沒有解除，還有，傑克詭異的切割空間能力，始終沒有使用出來。

傑克躲得很狼狽，受了重傷的他，雖然在九尾狐的靈力下，在短時間內可以恢復正常，卻不能持久。

如果他不能伺機反擊，那今晚淪為狼人餌食的人，就是他了！

傑克知道他還有一個逆轉的勝機，就是為了這個勝機，他才低聲下氣求九尾狐把貞姐等人引開。

這個勝機，就是西兒的心臟。

一個擁有飽滿靈力的心臟，對傑克來說，等於一帖良藥，更會讓他擁有比以往更強大的力量。

另一方面，「切割空間」這樣的能力對傑克來說，實在太消耗靈力了，就算是他，一天之內也不能使用超過兩次。

更何況，他現在是重傷之身，如要使用切割空間，只剩一次的機會而已了。

但是，在狼人T如狂風暴雨的攻擊中，別說挖出西兒心臟了，恐怕連使用切割空間的機會都沒有。

「傑克，我發現了一件事。」狼人T不斷追擊著傑克，冷笑。「你為什麼還不使用切割空間？難道你的能力有次數限制？或者你現在的體力不足以讓你使用這絕招嗎？」

傑克微微吃驚。這狼人T竟然瞧出了破綻，這頭狼的笨腦袋，難道也會隨著滿月變身嗎？

「是吧？」狼人T的爪子從下而上一個迴抓，傑克手上的銀刀飛上了天空，這是第一次狼人T破了傑克的銀刀。

沒錯，現在的情況已經跟十幾天前不同了，傑克的優勢盡喪，而狼人T在月光的祝福下，已經晉身高手之林。

「這次，狼人T可能會贏。」從不可能到可能，歷史改變的瞬間，總是令人打從心裡戰慄起來。

突然傑克一聲怪笑，他僅存的銀刀揮開，摔下西兒，趁著狼人T顧及西兒的時候，傑克使出了他的超能力。

「切割空間」。

這個絕招對傑克來說，就像是在虛空中打開了一道門，門後是一片黑暗和靜謐，據說人們把這個奇異的空間，稱為『亞空間』。

但是傑克卻有種奇怪的感覺，這漆黑的亞空間之中，似乎還有什麼東西在黑暗中蠕動著，強大而邪惡的力量，貪婪的窺伺著，這也是讓傑克不敢輕易使用「切割空間」能力的原因之一。

有人說，在距離地獄總部的更深處，還有十幾層地獄，最深處是一個叫做阿鼻地獄的地方，那裡有一條無人可以跨越的嘆息之壁，這個亞空間就是其中一道地獄的入口。

無論如何，傑克使用了僅存一次的空間切割，等他再度回到正常世界，他已經悄然出現在狼人T的身後。

這次傑克的目標不是狼人T，而是躺在地上的西兒。

傑克冷笑，手臂高高舉起，手上銀刀精準而快速地對西兒胸部戳了進去。

只要吸取這心臟的靈力，狼人T照再多月光也沒用，充其量，不過是一堆長毛的肌肉而已。

噗！

傑克感覺，自己的銀刀確實插入了肉裡。

鮮血湧出。

只是，在鮮血散開之後，傑克的臉色卻變了，變得極為難看。

因為他的銀刀並沒有落入西兒的胸膛，而是插入一根粗大的手臂裡面。

而且手臂上面都是茸茸長毛，是一隻狼爪。

「Got you~!」狼人T豪爽笑了出來。「早知道你的目標是西兒的心臟了哈。」

「啊啊啊！」傑克驚惶地退後，可是手上的銀刀卻被狼人T反手握住。

「別走啊寶貝。」狼人T一扯銀刀，把傑克扯到了自己的面前。「我們難得這麼親熱呢！」

「不要啊！」傑克驚惶失措地哭喊。

只見狼人T張開嘴巴，兩排粗大嚇人的獠牙，閃爍著兇暴的白光，對傑克咬了下去。

傑克覺得脖子一痛，他的頸動脈被狼人T的牙齒一口咬斷，尖銳帶勾的狼牙，輕巧一挑，竟然把傑克脖子上的血管給勾了出來。

然後，傑克脖子上的血管，像是失控的水管一樣到處甩動，伴隨著激噴而出的鮮血。

「喝啊，喝啊……」傑克退了幾步，死命按住自己的脖子，血液卻依然泉湧。「你……你……你……」

「我什麼我？呸！」狼人T轉頭吐出了一口染血的唾液。「壞蛋的臭血，果然特別難喝。」

「喝啊，喝啊……」傑克跪在地上，按住脖子的手已經全部染紅，原本精光閃爍的眼睛，也逐漸失去了焦距。

「死亡。這就是死亡嗎？」傑克問著自己，他眼睛中的焦距漸漸渙散。

『傑克，還有一次機會。』忽然，一個陌生的聲音，彷彿雷擊似的，直接從傑克的腦海中響起。

屋子這頭。

貞姐已經失去了意識，被九尾狐的金色尾巴高高捲著。

九尾狐並沒有動手，奇怪的是，佔盡優勢的她卻皺起了眉頭，歪著頭，好像在感應什麼似的。

一個女人。

站在九尾狐的身後。

這個女人什麼時候出現的？這女人怎麼突破九尾狐的尾巴防禦？這女人為什麼會出現在這？以及這女人想要做什麼？

這些問題，九尾狐全都不知道。

但是，九尾狐卻猜到了這女人是誰。

因為，能這樣無聲無息潛入九尾狐身後的人，算盡整個地獄靈界，也不到五個人。

而這五個人裡面，身為女性的高手，又更加稀少。

這女人，源自古老的埃及貝絲特神祇，縱橫靈界上千年，實力絕倫，是一個連神都畏懼三分的暗殺高手。

這女人的名字，幾乎和「暗殺」兩個字劃上了等號。

只是九尾狐不懂，這女人怎麼會出現在這裡？

而她悄立不動，又在等什麼？

「妳。」九尾狐九條尾巴緩緩移動，神經繃到了極限，隨時準備發動最強的攻擊。

「喵。」對方沒有說話，只用嫵媚的聲音輕輕喚了一聲貓叫，說是呼喚，還不如說是警告。

「好吧！」九尾狐攤了攤手。「我不動手就是了，我犯不著和地獄中大名鼎鼎的……貓女為敵，不是嗎？」

「喵，」貓女柔聲輕笑。「九尾狐的道術高強，幻術尤其一絕，實力肯定在我之上，是我不敢跟妳動手啊，狐姊姊。」

「嘻嘻。」九尾狐笑。「我可不敢高攀，四張皇后中，我連紅心皇后血腥瑪莉都未必能戰勝，何況是身為黑桃皇后的貓姊姊呢？」

「我聽說的可不是這樣。」貓女說：「九尾狐是因為喜愛鑽石為名，故選了鑽石皇后的位子，論實力，一點都不遜於其他皇后呢。」

「嘻嘻。是嗎？」

「喵，不是嗎？」

只見，九尾狐和貓女笑裡藏刀，卻依然保持高度警戒，對方同樣在地獄中享有盛名，絕非善類。

「那個多話鬼傑克不知道打完了沒有。」忽然，九尾狐收起了九條尾巴，毫不在意的跨過躺在地上的貞姐。「老實說，黑榜的四張J裡面，我就覺得黑桃J還稱的上一號人物，其他都太弱了。」

「紅心傑克是不行。」貓女笑。「不過，有人去幫他了啊！」

「喔？」九尾狐挑了挑眉毛⋯

「不過，接受這個人的幫忙，不知道是幸或是不幸呢？」貓女說：「如果是我，呵呵，我寧可死也不願意答應。」

外篇第八話《西兒的心臟》

暗巷內。

「這是一個箱子。」在傑克的面前，出現一個面帶微笑的男人。「你有一次機會，可以打開它。」

「啊？」傑克看著眼前的男人。

「啊，你不認得我嗎？」這男子微笑，他有著一頭長髮，綁成了馬尾，雌雄莫辨的俊俏面容，尤其是碧綠色的雙眸，竟然融合了老成、邪惡、調皮、天真，還有很深很深的迷惘。

「你是誰？」傑克愣愣看著，他轉頭，看見狼人T的背影扶起了西兒，顯然沒有發現這男人的出現。

「你這樣問我，我該回答哪個名字呢？」男人笑。「惡魔？死神？或者你喜歡路西法？啊，你也可以叫我……撒旦。」

「撒旦！」傑克臉色驟變。「你就是撒旦！」

「不像嗎？」撒旦微笑。「也許我該按照教堂給我的畫像，一雙馬腳，頭上長著兩根角，身上老是披著斗篷，不過老實說，我比較喜歡我本來的樣子。」

「是。」傑克伏在地上，顫抖著。「參見鑽石A，不……撒旦大人。」

「不用參見啦…我是來給你一個交易的。」撒旦說：「你打開這個箱子，我就給你我的力量。」

「啊？為什麼？」

「當然是要代價的啊！」撒旦說。

「什麼代價呢？」傑克問。

「代價啊……」撒旦看著傑克，那雙碧綠色的眼睛，突然轉紅，有如火焰般駭人的赤紅色。「當然，是你的靈魂。」

「我的靈魂？」傑克一驚，因為他竟然從撒旦的眼睛，看到了火焰地獄的景色。

「是。」撒旦又回復了本來的樣子，紳士般笑著。「我是這樣說的，只要你付出靈魂就夠囉。」

「呃。靈魂？！」傑克躊躇了。可是，當他看著露出整個背部，毫無防備的狼人T，他突然覺得口渴了，他想要喝下西兒的血，他想要狼人T身上每條肌肉都被銀刀撕碎的觸感。

「快點喔。」撒旦親切地提醒：「你脖子上那個大洞，快把你身上的血放乾了。」

「好！」傑克帶著恨意的聲音說。「我答應用靈魂和你交易！」

「很好。」撒旦笑。「契約完成。祝您用餐愉快，開膛手傑克先生。」

「西兒，西兒……」狼人T抱起了西兒，溫柔喊道。

「啊……」西兒的睫毛輕輕顫動，眼睛睜開，旋即微笑起來。「T，是你？」

「嗯，是我。」狼人T擔心地問：「你感覺還好嗎？」

「我沒事。」西兒看著狼人T，想起剛才被傑克擄獲的驚險經驗，不由用力抱緊狼人T，久久不願放開。

狼人T先是遲疑了一下，然後伸出他毛茸茸大手，很小心，很小心地摸了摸西兒的頭髮。

狼人T的手掌，順著西兒柔滑似水的黑髮，慢慢撫了下來，撫過西兒微瘦的背部，然後到了纖細的腰部。

感受到狼人T掌心的溫暖，西兒的身體微微一動。卻沒有反抗。

兩人就這樣緊緊抱著。

清冷月光下，薄霧緩緩散去，兩個互相吸引依戀的肉體，兩個深深眷戀的靈魂，正熱情相擁著。

時間、空間都已經不重要，只剩下彼此身體傳遞出來的體溫，連激烈的心跳，都緩慢了下來。

「今天傍晚，你想對我說什麼？」西兒把頭埋在狼人T寬厚的胸膛中，軟語呢喃。

「下午啊！」狼人T的心跳又再度加速起來。

「是啊，在鐘塔上，你想說什麼呢？」

「嗯。」狼人T深深吸了一口氣。「我……我……」

「別怕，傻瓜，別怕啦。」西兒雙手摟了摟狼人T，音調中有著無比的羞澀。「我在聽喔，我正用心聽著，所以……所以請你說吧！」

「那，我說了。」狼人T低下頭，用手指輕輕抬起了西兒的下巴。

「嗯。」西兒抬起頭，和狼人T那雙炙熱又溫柔的瞳眸深深對望著。

「西兒，我愛……」

可是，西兒卻沒有聽到最後一個字。因為她的頭頂突然降下一道豔紅的血瀑，血瀑嘩啦啦落下，剛好遮住了她的眼睛和耳朵。

西兒眼睛大睜，訝異到連尖叫都發不出來，因為她發現，這血瀑是從狼人T身上噴出來的。

「開膛手傑克！」狼人T的牙根緊緊相咬，痛苦和憤怒的語調從牙縫中擠了出來。

「你竟然……還沒死啊！」

「是啊！」傑克咯咯笑著：「哈哈哈，對不起，讓你失望了。」

然後，西兒看見了傑克的銀刀，從狼人T的胸膛中，一點一點凸了出來。

銀刀的尖端，插著一個橢圓形，正在緩慢跳動的鮮紅物體。

這是心臟。

還在撲撲跳動的狼人T心臟。

「狼人啊，這場戰鬥的結局，有沒有讓你很意外啊？」傑克笑著。

「混蛋，我剛才不是已經咬斷了你的動脈……而且，你剛剛竟然又使用了『切割空間』偷襲我？你……難道是不死身？」

「這是秘密。」傑克冷笑。「我本來是要吃了西兒的心臟，來恢復我的靈力的！因為西兒的心臟可是一顆超級的營養劑啊！不過，現在我不需要了，我已經擁有最後逆轉的力量了，哈哈哈！」

「傑克，你真是個混蛋！」狼人T看著自己的心臟露出了胸膛，滿頭的汗水不斷湧出。

「是啊！還是一個超強的混蛋呢！現在我覺得我全身充滿了力量，要使用幾次『空間切割』都沒有問題了！」傑克大笑。「不過，我不介意多一顆能提升能力的心臟啦，是嗎？西兒妹妹。」

「傑克，如果你敢殺死狼人T，我我我……」西兒緊緊抱著狼人T，聲音哽咽。

「絕對不會放過你的！」

「放過我？哈哈哈。」傑克大笑。「狼人這傢伙心臟都被我掏出來了，就算他生命力強，現在還沒死，可是斷氣是遲早的事情啊！妳以為他是來自中國的無心比干啊？」

西兒沒有回應，她那雙大眼睛含著飽滿的淚水。

看著這個讓她動心的高大男人，面露痛苦的表情，胸口那顆原本強力鼓動的心臟，逐漸的慢了下來，到後來，只剩下若有似無的抽動……

死神，他枯瘦的手指頭，輕輕敲著狼人T的肩膀，提醒他時間到了，該走囉。

「死定了啦。」傑克笑。「你們都死定了，西兒妳的心臟乃是天下第一美味，也是所有靈能力者渴望的聖品，乖，快點靠過來，讓我好好品嚐一下吧！」

「傑克。」西兒抬起頭，淚汪汪的眼神中，閃過一絲高貴無懼的光芒。「你說，我的心臟是所有靈能力者渴望的聖品？」

「咯咯，是啊，妳知道自己的價值了吧？」傑克說。

「傑克，我最後要跟你說，你真是敗在……話太多。」西兒嘴角仰起，微笑起來。

滿臉的血污下，西兒這個淡淡的笑容，卻顯得那樣明亮，那樣的堅決。

突然，狼人T眼睛大睜看著西兒，他發出悲鳴，已經脫力的他企圖伸出雙手，要把西兒推開。「不要！不要！不要！西兒不要做傻事！」

「T啊，你剛才的問題，我現在就給你答案。」西兒依舊微笑著，「我真正的答案。」

然後西兒的胸膛使勁往前一挺，柔軟的胸膛頂入了銀刀的刀鋒中。

血花中，胸膛破開。

西兒的血和心臟，在銳利的銀刀下，露了出來。

「親愛的狼人T，我也愛你。」西兒笑著，眼淚卻盈眶而出。「所以，請接受我的這顆心吧！」

不要啊啊！！狼人T發出嘶吼。

不要不要不要啊！

不要啊……

狼人T發出淒厲的悲鳴，卻阻擋不了從傑克銀刀中流過來的西兒心臟血液。

還有血液中，西兒全心奉獻出來的靈力。

那可以讓所有靈能力者強化數十倍，傑克渴望多時卻始終得不到的「聖品」，在西兒的自願奉獻下，更是純粹和強大。

傑克看著眼前的畫面，似乎愣住了，他從來沒想過，這世界上有一個人可以為對方全心奉獻自己，還包括自己的生命。

狼人T的心臟得到了西兒的血液，就像是一台停駛的法拉利跑車，突然加飽了油，引擎的齒輪開始轉動，轉動，然後越轉越快……越轉越快……

然後，在滿月祝福下的長毛狼身，又開始出現了新的變化，原本深棕的長毛，竟然逐漸褪了顏色，變成了純然的白色。

伴隨著狼人T眼中不斷滾落的淚水，一聲又一聲對著月亮的悲鳴，他的毛色也越來越白，好悲傷的眼淚，好悲傷的白色啊！

月光退去，狼人T變成了一頭如雪的白狼。

傑克呆呆看著狼人T的變化，突然他發現自己的手在不知不覺中，竟然鬆開了銀刀。

這是恐懼，在野獸的世界中，面對絕對王者的時候，那種打從心底產生的極限恐懼。

「傑克。」而狼人T的心臟已經回到了胸膛，他聲音低沉，令人不寒而慄。「這次，你死定了。」

啊啊啊啊啊！傑克另外一支銀刀在空中畫出了一個大圓，「切割空間」悍然使出，他要逃！這個人不能惹！這場仗不能打！會死！真的會死！

傑克逃入了亞空間之時，他眼角餘光看見了，狼人T正慢慢地放下西兒的屍體，動作又輕又柔，彷彿怕驚醒了西兒。

狼人T聲音乾啞，卻又不失溫柔。「西兒，乖乖的睡，讓我替妳報仇。」

「哈哈，再見了！」傑克進入亞空間之前，回頭大喊道：「要報仇？就來追我啊！」

「嗯。」狼人T看著傑克的身體隱沒在亞空間中，他雙眼從溫柔變成了兇狠，一個仰頭，對著滿月發出一聲狼嗥。

全身如雪的他，在月光下宛如一隻純淨的聖獸，兇猛卻又聖潔。

然後，他往前一撲，幾個起落，眨眼間，銳利的雙爪已經抓向了傑克。

「不可能追到了，再見吧！笨狼！哈哈！」傑克大笑，說完，他就進入了亞空間，然後就如同關上了門般，兩個空間的連結無聲關閉。

一切，又回到了一片黑暗之中。

黑暗中，傑克得意地笑了，轉身離去。

可是，就在此刻，他腳步忽然停住，因為他聽到背後傳來了一聲輕響。

「啪搔。」

傑克獃住了，剛剛的輕響，是怎麼回事？這亞空間之中，怎麼會有這樣的聲音？竟然像是野獸在刨抓著門的聲音。

「啪搔。」

傑克感到全身寒毛豎起，慢慢，慢慢地轉過身來。

瞬間，他嘴巴大張，發出極淒厲的喊叫。

一隻純白如雪的爪子，竟然穿破了亞空間，一把撈住傑克的頭顱。

五根指頭，剛好整個嵌合住傑克的臉，然後爪子用力，傑克雙腳離地，被硬生生抬了起來。

「傑克，我說過你逃不掉的。」狼人T的聲音低沉得恐怖，從亞空間的黑暗中，傳了出來。

「啊啊啊啊……」傑克開始慌張，手腳在空中胡亂揮動，卻掙脫不了狼人T的爪子……

噗一聲，很清脆的聲音。

傑克聽到這個聲音，從自己的耳膜中爆開，然後，他感到腦門被一陣擠壓，嘎嘎幾聲，他的頭顱就被狼人T的爪子整個擠碎，血肉腦漿在狼人T的拳心中，濺開！

「我不甘心！」傑克的靈魂在最後發出哭喊，「撒旦！我要力量！我還要力量！」

「多話的奴隸！」撒旦回覆了，聲音不似剛才的親切可人，反而陰沉恐怖，在地獄幽谷中迴響著……「你已經死了！你的靈魂歸我所有了！」

然後，傑克靈魂的腳下地板突然裂開，底下是翻騰滾滾的火海汪洋。

「歡迎來到我的肚子裡面，化為我的力量，承受永恆的煎熬吧，哈哈哈哈哈。」撒旦狂笑，笑聲像是數萬隻烏鴉一同尖嘯。「反正你已經惡貫滿盈，罪有應得啊！」

「不要啊！！」傑克的靈魂發出最後淒厲的哭喊，卻阻止不了靈魂的墜落，不斷地墜落，直到被一片火焰吞噬。

激戰之後，當傑克痛苦死去，而撒旦滿足離去。

原本深沉的夜色，悄悄的淡了，天終於快亮了。

寬闊的倫敦街道上，只剩下一個人影無聲佇立著，他身材極為高壯，白毛已然褪去，手裡捧著一個身材纖瘦的女子屍體。

晨曦照應著街道上的路燈，影子慢慢拉長，落在這人身上。

晨光映著淚水，一滴接著一滴，從沒有停過，從這個男人粗獷的臉頰上淌落。

「西兒，對不起，我對不起妳……」狼人T的聲音已經完全乾啞，剩下無語的呢喃……

狼人T終究沒來得及拯救西兒，這個今生今世唯一令他動心的女子。

外篇第九話《尾聲》

到最後，倫敦警察仍沒有破解「連續殺人犯傑克」的案子，成了千古懸案。

九尾狐和貓女不知影蹤。貞姐和羅賓漢只有重傷，卻無性命大礙。

三個月後。

狼人T告別了貞姐，離開了土生土長的倫敦，到了美國的曼哈頓。

他在羅賓漢的推薦下，加入了曼哈頓的獵鬼小組，代替微笑貓的位子。

據說，每個加入獵鬼小組的靈能力者，只要累積足夠的功績，地獄總部都會允許他一個願望。

而狼人T的願望，就是讓西兒復活，回到狼人T的身邊。

而狼人T永遠記得，他剛踏入獵鬼小組的本部，全身的肌肉就不能控制地繃緊起來，因為他眼前那兩個人。

只有夠資格的強者，才能啟動了狼人T的野獸直覺，眼前這兩個人就是如此。

其中一個是面容猥瑣的老頭，他用輕蔑的眼神看著狼人T。

「這是幽靈騎士。」羅賓漢介紹。

「哼。」幽靈騎士不屑地哼著。「沒想到去了一頭貓，又來了一隻狗啊？」

而當狼人T轉頭，另一個隊員，更讓狼人T全身毛髮都顫動起來。

沒錯，眼前這個人，才是獵鬼小組中的頂級高手。

一個金髮的女子，穿著連身的黑色斗篷，美麗大方，笑容迷人。

「你好，我是吸血鬼女。」女子溫柔地笑著，獠牙閃爍。「以後我們就是夥伴囉。」

「是啊，以後就是夥伴了。」狼人T感到振奮，再也沒有跟強者在同一陣線作戰，更令人興奮的事情了。

從此，狼人T正式效命曼哈頓獵鬼小組，而距離下一個會員「少年H」的加入，已經是兩百年之後的事情了。

對狼人T來說，曼哈頓獵鬼小組所經歷的驚險，都比不上他心中對西兒深深的眷戀，他這顆吸收了西兒靈力而重生的心臟，每一次鼓動，彷彿是西兒就活在他的胸膛裡。

從那天起，狼人T就再也沒有「白狼化」過了，那可以突破空間，追殺傑克的極恐怖無敵力量，沉睡在他的體內。

力量還是封印在狼人T的體內，等待下次極度悲傷的時候，再度爆發。而狼人T

則是真心乞求上蒼，不要再讓他經歷如此錐心的痛楚。

狼人T把西兒的名字，用玫瑰的圖樣，刺在自己的手臂上。

成為他永遠的印記，一個永遠不會忘懷的印記，直到他可以和西兒重逢的那一天為止。

此刻，地獄列車抵達前，月光下，狼人T臂上的玫瑰，顯得嬌豔欲滴。

狼人T輕輕地親吻了自己的刺青一下，柔聲說：「西兒，我去戰鬥囉，有天我們一天會再見面的。」

西兒，我們一定會再見面的。

一定。

The

國家圖書館出版品預行編目資料

地獄列車／Div 著. -- 初版.
-- 臺北市：春天出版國際，2006 [民95]
面；　公分. --（奇幻次元；9）
ISBN 986-7135-14-8（平裝）
857.83　　94023656

奇幻次元 9

地獄列車

作　　者◎Div
企劃主編◎莊宜勳
發 行 人◎蘇彥誠
封面繪圖◎Blaze
封面設計◎小美@永真急制workshop
美術設計◎陳偉哲

出 版 者◎春天出版國際文化有限公司
地　　址◎台北市信義路四段458號3樓
電　　話◎02-7718-0898
傳　　真◎02-7718-2388
E-mail◎frank.spring@msa.hinet.net
郵政帳號◎19705538
戶　　名◎春天出版國際文化有限公司
法律顧問◎蕭顯忠律師事務所
出版日期◎二〇〇六年一月初版一刷
　　　　◎二〇一二年八月初版四十一刷
定　　價◎199元

總 經 銷◎楨德圖書事業有限公司
地　　址◎新北市新店區復興路45號3樓
電　　話◎02-2219-2839
傳　　真◎02-8667-2510
印 刷 所◎鴻霖印刷傳媒股份有限公司

ISBN 986-7135-14-8
Printed in Taiwan